미쳐도
괜찮아
베를린

글·그림·사진 아방

차례

부디 무사하지 않기를

6월이 왔다. 그리고 농담처럼, 나는 베를린 지하철역에서 한 달권 티켓을 사고 있었다.

스물일곱, 일, 연애, 그림, 글쓰기, 예술영화, 인생 계획, 콤플렉스, 가족, 헤어스타일, 피어싱, 발버둥, 삼바, 다른 나라, 친구 관계, 잘 보이고 싶은 마음, 상상의 구체화, 아이디어, 욕심, 진정성, 초여름의 추억…… 도대체 왜 나는 이 많은 것들에 대해 고민하며 사는 걸까. 머릿속을 채우고 있는 단어들은 하나같이 화끈한 이유 없이 몇 년간 얼버무려져 있는 상태다. 하루하루 재밌게 나름대로 열심히 잘 살고 있다고 생각했는데 어느 날 갑자기 와르르 무너지는 것들. 돌아보니 나에게는 '왜'에 대한 대답이 없었다. 믿고 당장에 한걸음 내딛을 수 있는, 어떤 상황에서도 흔들리지 않을, 내 인생을 사로잡고 있는 큰 이유는 도대체 뭘까. 모든 것에 이유가 필요한 건 아니지만 한번 천천히 생각해보고 싶었다.

하지만 할 일이 쌓여 있는 상태에서 생각이 깊어질 리는 없었고 날이 갈수록 답답함만 치밀었다. 갈증을 속시원히 해소하지 못하니 머릿속을 맴도는 수많은 단어들의 꽁무니에 기름칠을 하고 성냥불을 확 갖다댄 후 '아이고, 날 살려라!' 하면서 냅다 달리고 싶은 마음이 간절해졌다. 그렇게 탈출하는 거다. 달리다보면 숨이 차고 결국 어딘가에 도착하겠지. 그곳에 잠깐 서서 숨을 돌리면 세상이 다 상쾌할 것 같았다. 그리고 그곳이 마음에 든다면 잠시 짐을 내려놓아도 되지 않을까. 그렇게 외딴곳에 떨어져 누구의 눈치도 보지 않고 누구의 도움도 없이 내 발길이 닿는 곳에 머물다가 해가 질 때쯤에 돌아오고 싶었다. 지루할 만큼 순조롭고 평탄히 흘러가는 나의 생활에 금이 쫙 가기를 내심 굉장히 바라고 있었던 것이다.

부딪치고 깨지며 부디 무사하지 않은 여행이 되기를.

나의 탈출을 받아주고 다시 뻥 걷어차줄 '어딘가'는 '전 세계의 예술가가 모여 있는'이라는 수식어만으로도 충분히 가슴 뛰게 매력적인 도시, 베를린밖에 없었다. 일단 커다랗고 고상한 박물관에서 조각상만 보다가 돌아올 마음은 눈곱만큼도 없었다. 뛰다시피 걸어다니며 유명한 곳 여기저기를 흘깃 보고 지나치는 것 또한 싫었다. 내가 원하는 것은 아주 단순했다. 영상, 패션, 디자인, 음악 할 것 없이 다방면의 서브컬처를 만들어내고 있는 베를린의 현장을 직접 보고 느끼는 것과 예술을 만들어내는 장본인들을 만나는 것, 딱 두 가지였다. 찢어지고 구멍난 티셔츠를, 할머니 옷장에서 꺼내온 듯한 오래되고 낡은 패션 아이템들을 걸치고 거리를 쏘다니면서도 당당한 베를리너들이 가진 어떤 아우라가 궁금했고 그들에게 말도 걸어보고 싶었다. 어쩌면 그들에게 기가 바싹 눌리고 싶었던 걸 수도 있다. 그만큼 내겐 강한 자극이 필요한 시점이었다. 그저 그렇게 흘러가는 나의 생각과 삶의 태도를 세차게 뒤흔들어줄 누군가가 필요했다. 아주 다르게 생각하고 아주 다르게 사는 사람들을 만나야 했다. 그래서 내겐 베를린이 필요했다.

그렇다고 "좋아, 가자!" 하자마자 계획을 짠 것도 아니었다. 짜릿함 따위는 둘째 치고 영어 실력이 부족해서 어쩌나, 길을 잃으면 어쩌나, 서울에서 하던 일들은 어쩌나 등등 온갖 걱정들을 붙여가며 망설이기를 반복하느라 베를린을 마음에 품고 4년을 흘려보냈다. 고작 한 달이란 시간을 비워내는 것이 말처럼 뚝딱하고 쉽지는 않았던 것이다. 하지만 떠나기로 마음먹고 비행기 티켓까지 손에 쥐었을 때, 그 잡다한 변명들은 더이상 나에게 장애물이 되지 않았다. 기왕 가는 것, 이번 한 달간의 베를린 여행에서는 낯선 것들이 주는 두려움에 대해 모른 척해보기로 마음먹었다. 그리고 청개구리처럼 그것들에게 한번 덤벼보기로 했다. 이렇게 대찬 마음을 먹고 나니 신기하게도 무서울 것이 하나 없어졌다. 난생처음 가는 그곳에서 생면부지의 사람들을 만나 어떻게 펼쳐질지 모르는 나의 한 달이 막막했던 4년 전의 기분과는 비교도 안 될 만큼 궁금하고 스릴 넘쳤다.

'자, 이제 가야지. 이러다 비행기 놓치겠어.'

막 피어난 꽃처럼 예쁘기만 하지 아무것도 몰랐던 지난 시간으로 돌아가고 싶지도 않고 야속하게 잘만 흘러가는 시간을 붙잡고 싶지도 않다. 또각거리는 초침, 나도 딱 그 정도의 속도로 살면 좋겠다고 생각한다. 쉼도 걸음도 달림도 다 괜찮다.

판도라의 상자를 열어라

나는 이런 스스로의 위험한 바람에 부응하기 위해 가이드북, 지도, 호스텔 예약처럼 남들이 말하는 기본적인 준비는 하나도 하지 않고 옷만 가득 넣은 가방 속에 스케치북 하나 달랑 끼워넣었다. 그리고 여행을 위해 보란듯이 준비한 것은 딱 하나. 잠자리를 얻기 위해 사람들에게 메일을 보내는 것이었다. 카우치 서핑. 사실 무전여행을 하고 싶은 마음도 없고 돈도 충분히 쓰고 다닐 수 있는 꽤 부유한 배낭여행자였지만 무슨 심보인지 잠자리만큼은 꼭 모르는 사람 집에서 얻어 자고 싶었다. 이런 식의 잠자리 해결은 나만의 '되는대로' 여행을 위해서 용기를 내는 첫 단계이기도 했고 '사람'을 만날 수 있는 가장 쉬운 방법이기도 했다.

50통의 메일을 보낸 지 일주일 만에 거절 메시지를 절반 가까이 받았다. 그래, 어차피 도전하는 여행이니 재워줄 사람이 없다면 아무 카페 앞에서 침낭 펴놓고 노숙이라도 하지 뭐. 그런데 설마 답장이 한 통도 안 오겠어? 그리고 나머지 절반도 답장이 없었다. 이럴 수가. 정말 문 닫은 카페에서 자야 하는 걸까. 그렇다면 지금이라도 고급 침낭을 사야 하나. 결국 떠나기 닷새 전 호의의 답장을 보내온 이가 반의 반의 반 정도 추려졌는데 맙소사, 그들은 전부 남자였다. 에라, 모르겠다. 잘 곳을 내어주겠다는 사람이 나타난 게 어딘가. 이 얘기를 들은 친구들은 공짜 잠자리에 신나 통춤을 추며 좋아하던 나를 물가에 내놓은 어린아이 취급하며 걱정했다.

"꼭 그렇게까지 해서 여행을 다녀야 하니?"

"세상 무서운 줄 모르네, 얘가."

"그렇게 좋아할 일이 아닌 것 같은데. 엄청 위험해 보여!"

"미쳤어?"

"오, 노!"

욕을 바가지로 먹어가면서 최종적으로 다섯 명의 남자를 나의 '사람'으로 정했다. 멋진 라이브 바나 클럽을 소개해줄 수 있는 음악하는 남자, 실력 있는 디자이너로 그의 작업실을 구경시켜줄 수 있다는 남자, 동네의 오래되고 멋진 카페에 데려가줄 수 있다는 남자 등.

어쩌면 내 여행이 판도라의 상자가 될 수도 있겠구나. 한낱 호기심으로 연 판도라의 상자 속에 온갖 힘들고 고된 여정이 있을지언정 마지막에 희망이 슬그머니 고개를 내미는 것처럼, 내가 지금 간절히 원하는 그 무언가를 결국엔 찾을 수 있지 않을까? 이렇게 모두가 위험해 보인다며 뜯어말렸지만 난 이미 누구도 말릴 수 없는 청개구리가 되어 있었다. 어떤 위험도 감수할 수 있는 마음의 준비를 마쳤고 마지막에 발견할 그 '무언가'에 대한 확고한 믿음 또한 있었다.

나는 'O'이 좋다

터키를 여행한 직후라(베를린에 오기 전 보름 동안 터키를 여행했다) 조금 쉬면서 적응할 심산으로 첫 며칠은 한인민박에 묵었다. 거리는 언뜻 보기에도 넓고 깨끗했으며 스윽스윽 스쳐가는 사람들과 잔뜩 낀 구름 사이로 비치는 햇살마저 첫날이라는 단어 아래, 로맨틱했다. 겨우 한 달권 교통 티켓을 사고 땀을 삐질삐질 흘려가며 100번 버스를 타게 되었다. 100번 버스는 시티투어버스처럼 베를린의 볼 만한 장소들을 순환한다. 그러나 난 종점이 어디인지도, 어떤 명소를 지나치는지도, 요금이 얼마인지도 모르고, 그러니까 아무것도 모르고 올라탔다. 최소한의 정보만으로, 내 발을 고생시켜가며 베를린을 스스로 알아가고 싶었다. 어차피 사람 사는 동네이니 길은 어디로든 뚫리고 말은 어떻게든 통하기 마련.

　　나의 여행 패턴은 이럴 때 보면 내 생활과도 참 닮아 있었다. 아

GASTSTÄTTE
IM WALD

무런 정보도, 계획도 없이 맨몸으로 참 잘도 걷고 일했다. 모든 것이 0인 상태에서 무언가를 일구고 가꾸어 나만의 것으로 만들어가는 과정이 쉽지만은 않다. 준비 과정이 짧은 대신 실행하는 시간은 한참 더 걸렸고 크고 작은 사고와 수고스러움도 많이 따랐지만 늘 송글송글 맺히던 땀방울과 부단한 두뇌 굴림이 함께여서인지 보람찼다. 언젠가 친구가, 돌연 회사를 그만두고 프리랜서로 전향한 나에게 "넌 외롭고 끝이 보이지 않는 길고 긴 길을 혼자서 뚜벅뚜벅 잘도 가는구나"라고 말한 적이 있다. 그래, 나는 0을 좋아하는 것이 확실하다. '아무것도 몰라요'에서 시작해 마침내 '아방스타일' 하나를 완성할 수 있는 것은 그림뿐 아니라 여행도 마찬가지였다. 그러니 가이드북에 소개된 식당과 갤러리에 들르는 것은 나에겐 누군가의 책을 복습하는 행위지, 나의 여행이 아니었다. 스쳐지나가며 봐두었던 숍에 다음 날 다시 갔는데 휴일이어서 문을 열지 않았다 하면 헛걸음에 아쉽기야 하겠지만 인터넷이나 책을 통해 알게 된 휴일과는 느낌이 다르다. 발품을 팔고 좀 지치더라도 내 힘으로 알아낸 쪽이 훨씬 뜻깊고 자랑스러웠다.

아뿔싸, 내가 탄 버스 2층에는 자막서비스가 없었다. 낭만을 느껴보려고 굳이 2층까지 올라가 앉았는데 낭만은 무슨, 앞에 앉은 관광객 할머니 할아버지들 뒤통수만 보면서 그들이 언제쯤 내리나 눈치만 살폈다. 그러다 바깥 풍경은 다 놓쳤다. 넓은 거리와 공원도 지나치고 커다란 브란덴부르크 문도 지나쳤다. 어디가 어딘지 도통 모르겠는 베를린 시내를 한 바퀴 돌며 낯선 풍경들을 집어삼켰다. 결국 내릴 타이밍을 전부 놓치고 이름만 들으면 꽤 멋있는 동상이 있을 것만 같은 종점 알렉산더 광장까지 와버렸다. 발을 고생시키겠다는 다짐이 이렇게 곧바로 이루어질 줄이야.

　말을 타고 옆구리에 칼을 찬 알렉산더 뭐시기 장군이라도 있을 줄 알았는데 생각보다 특별할 것 없이 그저 넓기만 한 광장에 조금 실망했다. 분수대 주위에 모여앉은 소년들이 봉투나 컵이 아니라 어느 식당에서 먹는 것처럼 접시에 떡하니 감자튀김을 담아 포크로 찍어먹고 있는 모습만이 신기할 뿐이었다.

혼자 덩그러니

한마디도 해볼 기회가 없었다. 정확히 말하면 말을 걸어볼 용기가 없었다. 베를린은 독일의 수도였지만 지역 조건상 관광객이 일부러 찾아오기에는 불편한 도시여서 환승을 위해 이틀 정도 들르는 경우가 아니면 이 도시를 오직 여행하는 목적으로 오는 사람들은 많지 않다. 거리마다 사람들이 빼곡한 프라하나 파리에 비하면 한적하기 그지없었다. 게다가 매일매일을 생활하고 있는 이곳의 사람들은 대도시라는 옷을 입고 전부 자기 볼일에 바빠 나 같은 조그만 여자애 따위는 신경쓰지도 않았다. 한마디로 유럽의 다른 도시에서처럼 서로 생김새가 달라도 관광이라는 같은 목적을 갖고 걸어다니기에 느끼는,

은근한 위안과 동질감이 없었다. 외톨이인 게 더욱 실감났다. 길 한
복판에서 내가 독일어 표지판을 알아보지 못해 쩔쩔매는 것이, 교차
로에서 방향을 몰라 우왕좌왕하는 것이 여기서는 누군가의 관심을
끌 만한 일이 아니었다. 나와 비슷하게 생겼으면 또 모를까. 다들 키
도 크고 이마와 코가 투박하게 튀어나온데다가 눈도 부리부리해서
보기만 해도 무뚝뚝함이 줄줄 흐르는데 걸음마저 빨라서 난 금세 주
눅이 들었다. 외톨이임을 인정해야 했다. 독일 사람이 크고 무뚝뚝해
서 그렇다느니 하는 건 핑계지 뭐. 나라고 서울 길바닥에서 어느 외
국인이 지도를 펼쳐보며 쩔쩔맬 때 먼저 다가가 말을 걸거나 우리 친
구하자며 손 내민 적 있었나. 오늘 저녁에 뭐 먹을 거니, 내가 맛있는
전통음식점을 알아, 오지랖 떨어본 적 있었나. 결국 길 하나 물어보
기 위해 사람을 물색하는 데도 꽤 오래 걸렸다. '저 사람에게 가볼까.
앗, 여자친구를 만나네. 데이트를 방해하면 짜증나겠지. 안 되겠다.'
'저 사람은 포마드를 바른 머리스타일이 너무 세련돼서 내가 말하는
걸 못 알아들을 것 같아.'

　'길 하나 못 물어보면서 지나가던 사람과는 무슨 수로 친구가
될 것이며, 재워달라 소리는 어떻게 하려고 했니. 잘 곳도 못 구한 채
왔으면 그냥 수줍게 싸구려 호스텔이나 갔을 게 뻔했겠어.'

　도대체 뭘 믿고 의기양양 떠나온 것인지 허탈한 웃음만 나왔다.
아무런 준비도 하지 않은 첫날, 난 지하철 갈아타는 연습이라도 하자
며 내렸다 탔다만 주야장천 반복하다 숙소로 돌아와야 했다.

차갑고 볼 것 없는 도시

터키는 덥고 독일은 상대적으로 추워서인지 날씨 변화에 맥을 못 추고 이틀 만에 몸살이 났다. 이불을 코끝까지 덮었는데도 으슬으슬해서 아침밥을 먹고 세시까지 마구 자버렸다. 첫번째로 호스팅을 해주기로 했던 아드리앙에게서 프랑스 비행기 파업으로 아직 파리에서 돌아오지 못하고 있다는 연락이 왔다. 차라리 잘됐다. 몸도 안 좋은데 한인민박에서 하루 더 묵으며 편히 쉬는 게 나을 것 같았다. 지도도 좀 익히고 적응도 좀 하고. 그렇게 합리화하면서 반나절을 이불 속에서 흐느적대기만 하다가 다시 눈을 감았다. 지금은 여기가 내 자리구나.

오후 네시가 다 되어 겨우 눈을 뜨고 밖으로 기어나왔다. 배가 너무 고파서 더 누워 있다간 죽지 싶어서. 그렇지 않아도 하루를 온통 방에서만 보내서 억울한데 아무거나 되는대로 때우는 게 싫어, 맛집을 수소문해 찾아나섰다.

베를린 서브웨이와 구글 맵스 애플리케이션 두 개만 있으면 길찾기는 척척이다. 첫날처럼 멍하니 지하철만 갈아타면서 하루를 보낼 일도 이젠 없다. 하하! 베를린은 넓지만 길마다 도로명 표지판이 있고 건물마다 번지수가 아주 보기 쉽게 걸려 있어서, 이 환상의 콤비 애플리케이션은 준비 짱인데다가 몸까지 아픈 나를 힘나게 했다. 내가 찾아가려던 맛집은 유기농 소시지와 커리부어스트를 파는 가게

였다. 축 처진 몸을 이끌고 겨우겨우 도착했지만 든든한 콤비 친구가
알려준 곳은 그냥 주택단지였다. 주소가 잘못되었던 걸까. 어쩐지 도
착했을 때부터 식당은 무슨, 슈퍼도 하나 없을 것 같은 황량한 곳이
긴 했다. 혹시 가게가 맨션 안에 있나 싶어 한참을 서성이며 남의 집
창문도 들여다보고 두리번거렸지만 아무리 봐도 식당 간판 같은 것
은 없었다. 결국, 지하철역 바로 옆에 있는 터키 음식점에 털썩 주저
앉았다. 독일에 온 지 얼마나 됐다고 또 터키 음식이다.

　길거리에 놓인 테이블에 앉아 흩어지는 밥알을 긁어모아 요리조
리 굴려먹는데 하늘은 회색이고 썰렁한 바람만 귓구멍을 후벼팠다.
잘 닦인 도로에 사람들은 다 어디로 숨었는지 네모반듯한 건물만 띄
엄띄엄 눈에 들어왔고 말 한마디 하지 못한 어제오늘이 답답하고 기
운 빠져서 입이 병나발처럼 튀어나왔다. 기대에 부풀었던 베를린의
첫인상은 서늘하고 조용하기 그지없었다. 도대체 어디로 가야 내가
보고 싶어했던 '베를리너'들이 있는 거야? 있기는 한 거야? 만난다
해도 그들이 나와 쉽사리 친구가 되어줄까?

　옆에 앉은 게이 할아버지와 화려한 장신구를 걸친 할머니가 호
탕한 웃음과 함께 몇 마디를 내게 건네주었다. 그 순간엔 '고맙긴 한
데 왜 하필이면 처음으로 말 걸어주는 사람이 멋진 청년이 아니라 할
일 되게 없어 보이는 노인들이냐'며 푸념했지만 그 몇 마디의 인사 덕
에 조금이나마 마음을 따스하게 데우고 돌아간 건 사실이었다.

　하지만 역시 그게 다였다. 민박집 거실에 모인 사람들은 초저녁
부터 맥주 캔을 쌓아가며 이야기에 열을 올리고 있었고 그들은 대부

분 유럽 배낭여행자였다. 그들에게 베를린은 잠깐 거쳐가는 도시 이
외에 그 무엇도 아니었다. 그들은 베를린이 다른 곳에 비해 아기자기
한 매력도 없고 재미도 없고 클럽에라도 가려니 찾기가 힘들어 도무
지 갈 곳이라곤 없는 딱딱한 도시라는 불평만 줄줄이 늘어놓았다.
그러면서 아름다웠던 체코와 강렬했던 스페인의 추억 등을 쏟아냈
다. 나는 그들을 지나쳐 방으로 들어가며 속으로 '그렇지 않을 거야.
아직 몰라서 그래. 베를린엔 엄청난 매력이 있다고 했어!'라며 애써
내가 여기 머물고 있는 이유를 합리화했다. 그만큼 겉으로 본 독일
은 다른 나라처럼 알록달록하지 않고 자극도 없었다. 나도 7년 전 유
럽 여행을 할 때 환승을 위해 베를린에 잠시 들렀고 그후로 다신 오
고 싶지 않다고 마음먹기도 했다. 다시 이곳은 뭔가 달라도 다를 것
이라고 기대했던 것부터가 실수였을까.

　　난 왜 저들처럼, 그토록 내 입으로 별로라고 소문내고 다니던
베를린에 온 걸까. 베를린, 정말 멋진 곳이 맞는 걸까.

베를린 스토리

베를린의 이야기와 역사에 관련된 다양한 제품과 서적들이 있는 일종의 서점이다. 베를린의 중심, 미테 지역에 위치해 있고 알렉산더 광장과도 가까워 길거리에 멋진 사람들이 많다. 멋쟁이들을 구경하느라 넋을 놓을지도. 서점이라지만 암펠만 티셔츠 같은 기념품을 포함해 아트포스터와 그림엽서, 장난감, 군것질 거리 등 의외의 것, 신기한 것들이 더 많다. 그리고 우리나라에선 눈 씻고 찾아봐도 찾기 힘든 베를린 전문 가이드북과 베를린 지도가 다양한 디자인을 뽐내며 수십 권 비치되어 있다. 영어로 되어 있긴 해도 상세 지도나 가이드북이 필요할 때는 몹시 유용할 것이다. 그러나 나는 생각보다 간단하고 현대적인 내부 공간에 살짝 실망하고 돌아왔다.

Berlin Story
Unter den Linden 40, 10117 Berlin

늘은 의자들의 수다

MIN / 방황하는 당신

어디까지나 흔들려도 아름다운 춤

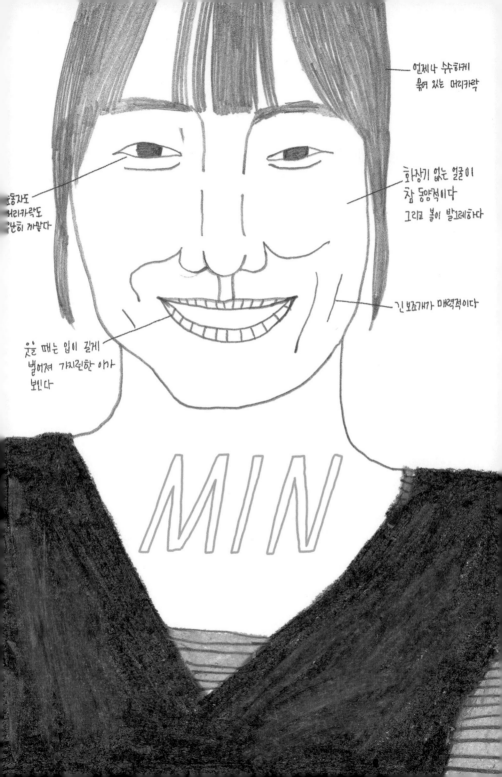

진짜 베를린, 이제부터 시작이야!

아드리앙의 예기치 못한 펑크(그는 비행기 파업 때문에 아직도 파리에서 돌아오지 못하고 있다. 그 와중에도 너무 미안해하며 메시지를 통해 계속 내 안부를 물었다)로 베를린에 살고 있던 아는 언니인 민의 집에서 며칠 머물기로 했다.

민의 집은 노이쾰른에 있었다. 존넨알레 역에 내리니 지하철이 서는 곳은 지하가 아니었다. 탁 트인 시야의 파란 하늘과 철길을 따라 난 들꽃, 그리고 늘 푸른 나무가 먼저 나를 반기며 기분 좋은 시작을 예고했다. 바닥과 대합실의 천장이 프레임이 되어 자연스레 한 폭의 그림 액자가 연출되었는데, 나무 뒤로 보이는 빨간 지붕의 집까지 색이 어찌나 그렇게 조화로울 수 있는지 감탄에 감탄을 내뱉으며 한참을 바라보았다. 역 바로 앞 카페 테라스에는 편안한 차림으로 맥주를 마시는 남자가 있었다. 노란 단발머리를 찰랑이며 문신한 팔로 작은 책을 넘겨보는 여유 있는 그 모습은 내가 외국에 있음을 실감하게 했다. 노이쾰른의 분위기를 모르니 이것저것 신기하지 않은 것이 없었다. 우범 지역이라는 소문을 듣고 쉽게 마음을 놓을 수 없었던 이 동네는 과연 어떤 곳일까. 그때 내 앞으로 타이트한 와인색 원피스를 입은 은발의 할머니가 자전거를 타고 슉 지나갔다. 이어서 배낭을 메고 딸기를 담은 봉지를 든 할머니도 자전거를 타고 지나갔다. 나무와 집뿐 아니라 젊은 남자와 머리가 하얗게 센 할머니까지도 잔잔한 오후 이곳의 평화로움에 또하나의 그림 같은 풍경을 더해주고

있었다. 가만, 민을 기다리느라 길에 앉아 찬찬히 동네를 둘러보는데 글쎄 그래피티와 헌책방, 아스팔트, 심지어 공기와 습기, 개똥의 정겨움까지 내가 사는 서울과 정말 비슷한 게 아닌가. 골목을 보았을 뿐인데 낯선 즐거움과 편안함이 동시에 밀려왔다. 그저 친구가 사는 동네라 안정감을 느낀 걸까. 난 단번에 민박집에서 나오기를 정말 잘했다고 생각했다. 그리고 그런 모습들과 함께 드디어 이 도시에 적응하기 시작했다.

민은 나의 대학교 선배이고 1년째 베를린에서 지내고 있었다. 공동 작업실에서 개인 작업과 독일어 공부를 병행하고 있다고 했다. 침을 질질 흘리며 노이쾰른을 구경하다가 그녀를 만났다. 그렇지 않아도 오랜만에 만나는 사람을 머나먼 타국에서, 생각지도 못한 시점에 만나니 반가움이 배가 되었다.

민은 나에게 그녀가 쓰는 작업실을 구경시켜주겠다며 데려갔다. 여럿이 모여 공간을 나눠 쓰는 공동 작업실이라 했다. 와우, 공동 작업실이라니. 아직 그런 형태의 작업실이 익숙지 않은 나는 환상을 가지고 있었다. 물감이 잔뜩 묻은 커다랗고 거친 책상이 있을까. 어둡고 비밀스러운 아지트 같은 모습일까. 아니면 통유리 창문으로 햇빛이 그득 내리쬐는 하얀 벽을 가진 곳일까. 화분이 많고 빈티지한 분위기일까. 사람들은 어떨까. 한쪽 귀에 피어싱을 다섯 개씩 달고 헝클어진 머리를 질끈 묶고 있을까. 새벽까지 작업하고 진탕 마신 술에 널브러져 자고 있을까. 작업실다운 온갖 창의적인 모습이 난무하겠지?

다양한 문화예술의 집결지라 불리는 베를린 중에서도 예술가들이 특히 많이 모여 있다는 노이쾰른이었다. 그런 이곳의, 그들의, 공동 작업실에 들어설 생각에 두근거리는 마음이 쉽게 진정되지 않았다.

그러나 웬걸, 도착한 작업실은 내가 상상하던 모양새가 아니었다. 아주 품위 있는 자태를 기대한 건 아니었지만 적어도 벽의 페인트가 다 벗겨져 콘크리트가 덕지덕지 드러나고, 작업하는 책상이며 의자 등의 가구는 하나도 없는 휑한 네모 궤짝 같은 곳을 상상하지는 않았다. 작업실이 휑한 이유인즉슨, 민의 옆자리를 쓰는 사진작가 안나가 내일부터 있을 전시의 콘셉트를 위해 자기가 쓰는 한쪽 벽의 페인트를 벗겨냈기 때문이었다. 둘러보니 다른 사람들도 전시를 위해 자신의 공간을 뜯어고치는 중이었다. 전시를 한다고? 그런 줄은 몰랐는데! 운이 좋았는지 마침 내가 머무는 동안에 〈48hours 노이쾰른〉이라는 행사를 한다고 했다. 말하자면 노이쾰른의 몇몇 동네(서울로 따지면 홍대입구역과 합정역, 상수역 부근을 아우르는 정도)의 작업실에서 이틀 동안 광범위하게 벌어지는 일종의 전시였다. 금요일 저녁에 시작해서 일요일 오후까지 동네 골목골목을 걸어다니면서 포스터가 붙은 곳에 들어가 전시를 구경하면 되는 것이었다. 그렇다고 비엔날레는 아니었다. 입장료가 따로 없었고 잘 갖춰진 미술관이나 갤러리에서 벌어지는 전시가 아니라 카페, 바, 옷 가게를 막론하고 예술가들이 자리잡은 곳이라면 어디서든 작품을 볼 수 있는 것이었다. 그게 도대체 뭐야. 직접 보지 않고는 쉽사리 이해될 것 같지 않았다.

그렇게 꼴랑 이틀 동안 이어지는 전시 때문에 그 수고를 들여서 벽의 칠을 다 뜯어내고 있단 말이야? 민도 자신의 벽을 작품으로 만들어내느라 분주하게 움직이고 있었다. 그녀의 벽은 텅 빈 상태였는데도 작업실 친구들은 오며 가며 누가 봐도 덜 완성된 벽 앞에 팔짱까지 끼고 서서 그윽해졌다. 그러고는 이내 칭찬을 쏟아냈다. '쿨'이라는 단어가 참 많이도 들렸다.

민이 말하기를, 이곳 사람들은 칭찬을 참 잘한다고 했다. 그래서 어떤 때는 칭찬인지 격려인지 동정심인지 거짓말인지 구분이 가지 않는단다. 하지만 거짓말을 하는 것 같지는 않고 무엇을 봐도 멋지고 훌륭하다고 여기는 마음을 다른 이들보다 좀 쉽게 갖는 게 아닐까하고 말을 이었다. 조금 전 미완성의 벽을 보며 진지한 눈빛으로 "리얼리 쿨"이라 외치던 안나의 얼굴만 떠올려봐도 입에 발린 말이라 하기엔 조금 진중했다.

근데 저게 정말 진짜로 멋지다고 생각하는 걸까? 저 종이 한 장 붙여진 텅 빈 시멘트 벽이?

우리의 행복을 위하여

6월씩이나 됐는데 날씨가 정말 제멋대로다. 그렇지만 바깥 날씨가 어떻든 간에 민의 방은 정말이지 아늑했다. 따뜻한 붉은 톤의 벽과 밝은 날이면 커다란 발코니 창으로 오후 내내 들어오는 햇빛이 딱 어

느 동화에 나오는 소녀의 방 같았다. 꽤 널찍한 침대와 보라색 이불
에 얼굴을 푹 파묻으니 낯선 나라에 있는 것 같지 않게 포근했다. 민
의 집은 방이 네 개 있고 한 방에 한 명씩, 전공이 각기 다른 여자 넷
이 함께 살고 있는 플랫flat이었다. 민의 옆방은 비어 있을 때가 많았
는데 그녀는 다른 지역에 있는 남자친구의 집에서 살고 있다고 했다.
그리고 방학이 되면 친구들이 각자 남자친구를 데려와 몇 달씩 같이
지내기도 한다고 했다. 어쩌다 한 번에 몰리기라도 한다면 최대 여덟
명이 한집에 살 수도 있다는 말이었다. 왜 자기 집 놔두고 복닥거리
게 남들이랑 부딪치는 생활을 한단 말이지? 이해할 수 없어서 물었
더니 베를린의 집은 방이 아주 넓고 방 밖으로 나올 일이 거의 없으
니 복닥거릴 일도 없다고 했다. 그도 그럴 것이 집들은 거의 백 년도
넘은 건물이라 층고가 높아 방방마다 복층으로 개조해서 쓰는 경우
가 꽤 있었고 넓은 것으로 따지면 서울에서 작은 원룸을 전전했던 나
로서는 대궐이라 표현해도 이상할 것 없는 크기였다. 거짓말 조금 보
태서 방이 집채만하니 방학 동안 그 방에서 살림을 꾸리고 살아도
전혀 복잡할 것 없다는 민의 말에 겨우 고개가 끄덕여졌다. 게다가
이곳의 젊은 연인들에게는 서로의 집에서 같이 지내는 것이 아주 당
연했다. 집이 커서 며칠을 그렇게 살 수도 있다는 것은 둘째 치고, 연
인의 집에서 계절 내내 머무르는 것은 '동거'가 아닌가. 동거라는 단어
의 자연스러움에 나는 또 한번 놀랐다. 민은 그런 나에게 독일 친구
들의 동거 이야기도 하나씩 들려주었다. 할머니 할아버지 세대부터
전해졌을 동거에 대한 너무 다른 인식에 나는 단발머리 여고생처럼

궁금해하고 재미있어했다. 그렇게 시작된 이야기는 침대에 나란히 누운 채로 시간 가는 줄 모르고 돌고 돌았다.

"민, 지금 생활은 어때? 좋아?"

"처음 몇 달은 무지무지 좋았지. 그런데 지금은 그때에 비해 설렘도 줄었고 행복하다고는 말하지 못할 것 같네. 여러 가지로 힘들어."

"그런데도 계속 이렇게 버틸 수 있는 이유는 뭐야?"

"음, 현관문을 열고 계단을 내려가면 초록초록한 세상이 보이잖아. 나는 나무가 정말 좋아."

문득 '버틴다'라는 말을 한 것에 대해 생각하게 됐다.

'나는 지금 살아가고 있는 것일까, 버티고 있는 것일까.'

언젠가 하루를 시작하는 것이 겁이 나 정오가 다 되도록 침대에 납작하게 드러누워 누군가와 연락하는 것조차 버겁게 느껴지던 날, 이런 생각이 들었다. 살아간다는 것은 말 그대로 가는 것. 천천히 또는 빠르게, 속도를 가지고 있는 것인데 버틴다는 말은 나쁜 곳으로 빠지지 않으려고 안간힘을 쓰고 있다는 느낌이란 말이지. 나는 그때 안간힘을 쓰고 있었던 걸까. 혹시 민도 지금 버티고 있는 걸까.

"그래도 그렇지. 거리에 나무가 많고 온통 초록색이라는 이유로 베를린에 있는 거야? 공부를 한다거나 얻을 것이 있어서 사는 게 아니고?"

"어렸을 때 늘 생각했었어. 왜 장래희망란에는 꼭 직업을 적어야 하는 건지. 난 간호사나 선생님 말고 그냥 행복한 사람이 되고 싶

은데 말이야. 뭘 해도 결국엔 행복한 사람이 되고 싶어. 힘들긴 하지만 지금은 베를린이 좋고 내가 좋아하는 도시에서 한번쯤 살아보는 것도 좋으니까."

"역시 행복하게 살아가려면 낙천적인 것보다는 긍정적으로 생각하는 쪽이 좋을 것 같아. '어떻게든 되겠지'가 아니라 '어떻게든 내가 생각한 대로 되겠지'라고 말이야."

"그래, '어떻게든'이라는 말이 정말 광범위한 말인 것 같네. 그 '어떻게'라는 건 나만 아는 방법이겠지."

어디서든 살아가다보면 즐겁다가도 또 버텨야 하는 일상이 찾아오기 마련이다. 다들 그렇게 저렇게 견뎌내고 결국 비슷해지는 삶의 패턴이 뭐가 중요할까. 그것보다 자신의 행복이 무엇인지, 어떻게 하면 행복해질 수 있는지 그 방법에 집중하며 이곳에서 살고 있는 민이 대견했고 응원해주고 싶었다. 나도 내가 진정 원하는 앞길이 무엇인지, 바쁘게 살던 내 일상이 진정 좋았던 것인지 작은 회의가 들어서 여행을 떠나온 것이니. 행복이라는 게 별것 있나. 그때그때 내 마음이 원하는 것을 최대한 들어주면 그리 어렵지 않게 얻을 수 있는 것인데. '방황하고 있다고 해서 가야 할 방향까지 잃은 것은 아니다'라는 어디에서 주워들은 명언은 꼭 민에게 어울리는 구절이었다. 개인적으로 바라는 생활과 인생의 목표가 소박하게나마 확실하니 지금 그녀의 방황은 방황이 아니라 흔들려도 아름다운 춤이다.

다른 시간 안에서

금요일 저녁. 민의 작업실에서도 〈48hours 노이쾰른〉의 오프닝 행사
가 시작되었다. 개성대로 한껏 멋을 낸 친구들이 하나둘 찾아왔다.
패션 채널을 방불케 하는 개성 강한 옷차림들이었지만 속속들이 보
면 고가의 브랜드나 트렌드를 이끄는 패션 코드는 찾아보기 힘들었
다. 벽에 기대어 사람 구경만 해도 재미가 쏠쏠했다. 민의 작업실은
길가에 위치한 쇼윈도가 있는 디자이너 부티크이다. 그래서 옷들이
행거에 걸려 있는 입구와 진열 공간을 지나쳐 안으로 조금 더 들어가
야 작업 공간이 펼쳐졌다. 그 공간을 잠시 전시장으로 활용중인 것이
다. 노이쾰른에는 이렇게 상업적인 가게들이 쓰지 않는 뒷공간을 아
티스트에게 싸게 대여해주는 형태의 작업실이 많단다. 부티크의 주인
은 월요일과 화요일엔 다른 일을 하고, 수·목·금요일에 숍을 열고,
토요일과 일요일엔 닫는다 했다. 황금 같은 주말에 쉰다고? 우리나
라 같으면 주말에 문을 닫는 게으른 옷 장사가 어디 있냐고 하겠지만
부티크 주인은 말했다.

　"돈 벌어서 뭐할 건데? 이제 여름이면 날씨도 좋은데 주말에 물
놀이도 가고, 나도 놀아야지."

　밤 열시가 다 되어가니 동네 마트도 문을 닫고 주위가 조용해
졌다. 오프닝 파티가 열리는 곳 몇몇 군데만 환하게 불을 밝혔다. 어

둠 속에 노란 창문만 드문드문 보이는 길거리가 꼭 옛날 시골집들 같
았다. 사람들은 차가 많이 다니지 않는 시원하고 넓은 거리에 떼로
모여앉아 맥주를 마시고 수다를 떠는 중이었다. 나무벤치 아래에 빈
맥주병이 꽤 많이 쌓여 쨍그랑 소리가 하나둘 날 때쯤, 부티크 안의
행거들이 마법처럼 천장으로 올라갔다. 옷들이 차지하고 있던 자리
에 빈 공간이 생겨났고 한켠에 디제이 부스가 마련되어 쿵짝쿵짝 음
악이 흘러나오기 시작했다. 시간이 좀더 지나자 친구의 이번 전시를
축하해주기 위해 벨기에에서 날아왔다는 밴드가 도착했다. 밴드의
신나고 열정적인 공연은 한 시간도 넘게 계속되었다. 좁은 부티크 안
은 쉴새없이 춤추고 환호하는 사람들로 열기가 펄펄 났다. 나도 오랜
만의 파티라 팔을 이리저리 흔들고 소리를 지르며 놀다가 옆에 있던
거대한 팔뚝에 치이고 구둣발에 밟히기도 했다. 치이고 밟혀도 신났
다. 사람들은 술기운에 도리어 에너지가 넘쳐, 춤추며 뛰는 동작이
한층 더 커졌다. 나중에는 그들이 광분한 무소들 같기도 해서 살짝
무서웠다. 몇시쯤 되었을까. 땀을 식히고 싶어 겨우겨우 입구를 찾아
그야말로 광란의 도가니탕을 빠져나왔다. 한인민박에 계속 머물렀더
라면 베를린은 정말 볼 게 없다며 투덜거리는 이들 옆에 앉아 고개를
끄덕이며 맥주나 홀짝였을 것이다.

　서늘한 길바닥에 앉아 있으니 음악 소리가 멀어지며 좀 전에 본
시골 같았던 풍경이 다시 나타났다. 빨간 모자 소녀의 할머니 집처
럼, 작고 네모난 창문 안으로 빽빽하게 들어찬 사람들은 어쩌면 하나
같이 걱정 한 톨 없는 표정이었다. 나는 다른 나라가 아니라 다른 시

간을 여행하고 있는 걸까. 파릇파릇 젊고 활기찬 웃음이 만연한 이 곳에서 어떻게 벅차지 않을 수 있을까. 스쳐지나가는 모두가 친구가 되어 함께 즐기고 느끼는 전시와 공연은 신통방통했다. 진노란색 손 톱달이 유난히도 낮게 떠 있었고, 시간은 어느새 나뭇가지 끝에 엉덩 이만 걸친 나뭇잎처럼 내 마음을 간절하게 붙잡고 있는 듯했다.

이상하고 이상한

점심을 먹고 민과 만났다. 본격적으로 〈48hours 노이쾰른〉을 보기 위해서. 들은 대로 빈티지 옷 가게, 카페, 소품 가게, 라이브 바 할 것 없이 창문에 〈48hours 노이쾰른〉 포스터가 붙어 있었다. 지도 를 봐가며 골목골목 쉬지 않고 걸었는데도 3분의 1밖에 보지 못했 다. 세상에 이런 천국이 다 있다니! 민의 작업실처럼 다른 옷 가게들 도 쇼윈도엔 버젓이 옷을 걸어놓고 팔고 있었지만 〈48hours 노이쾰 른〉 포스터가 붙어 있어 입구를 당당히 가로질러 안쪽으로 들어가면 작가들의 설치물이나 작품들을 볼 수 있었다. 회화, 조각, 가구, 비디 오아트 등등, 작업실의 모습이 다양한 만큼 전시의 형태와 주제 역시 다양했다. 큰 회화 작품을 걸어놓은 채광 좋고 넓은 갤러리 못지않 은 곳에서 중년의 여류 작가가 우아하게 앉아 사람들을 맞이하는 반 면 어두컴컴한 지하 클럽에 그로테스크한 작품들을 장난감처럼 주렁 주렁 걸어놓고 화려하게 반기는 곳도 있었다. 벽에 물감 자국이 그대

로 남아 있는 작업실도 있었고 빈티지숍과 정말 잘 어울리는 소품 전
시도 있었다. 흰머리가 그득한 작가 아저씨가 민소매에 핏이 잘 맞는
청바지를 입고 맨발로 작업을 하는 중이기도 했다. 그의 어깨 근육
과 뒤태가 여느 이십대 못지않아 나는 자꾸 얼굴을 보고 싶어 힐끗거
렸다. 한 회화 작품을 걸어놓은 작업실에서는 작가가 사장님 의자에
나른하게 앉아 우리와 대화를 시도하기도 했다.

"점심은 먹었어요?"

"네. 작가님은요?"

"간단히. 맞은편에 비디오아트 봤어요? 난 이 골목에서 그 작품
이 제일 좋던데."

"오, 아직이요! 곧장 보러 가야겠네요."

"내 그림은 어떤가요?"

"음. 추상적인데 또 이상하게 구체적이네요. 풍경화 같기도 하고
그냥 면으로 작업한 그림 같기도 하고."

"다 맞는 말이에요. 예술엔 경계가 없죠."

"아니면 경계가 있었다는 것을 깨닫게 하는지도 몰라요."

〈48hours 노이쾰른〉은 실제 작업하던 공간에다 그동안의 행복
하고도 고독했던 작업들을 걸어놓고, 예술가와 관객이 소통하는 장
이었다. 게다가 작업실의 분위기는 작가의 성향을 말해주는 것 같아
서 같은 미술관에서 전시물만 바뀌는 일반적인 전시와는 차원이 다
른 생생한 현장을 느끼기에 충분했다.

구경하는 사람들은 멋을 한껏 부렸든 슬리퍼를 질질 끌고 나올 정도로 늘어진 차림이든 모두 손에 맥주를 하나씩 들고서 작품을 천천히 둘러보았다. 은발에 가죽재킷을 입고 스니커즈를 신은 작가의 부모님은 벽에 걸린 사진을 보면서 한참이나 진지하게 이야기를 나누었다. 아기를 유모차에 태우고 전시장에 들르는 젊은 엄마들도 종종 보였다. 〈48hours 노이쾰른〉의 주인공은 작품이 아니었다. 장사하고 남는 공간이 아티스트 작업실로 쓰이고 있다는 것, 그 공간에서 동시다발적으로 전시가 이루어지고 있다는 것, 그것도 돈 한푼 들이지 않고 예술가들의 산물을 한꺼번에 들여다볼 수 있다는 것, 그리고 한 명 한 명의 열린 생각과 자유롭고 적극적인 참여가 필요한 이 엄청난 축제를 전혀 어색하지도 특별하지도 않게 유유히 즐기고 있는 사람들이었다. 손끝이 찌릿찌릿했다. 어째서 예술이 이리도 자연스럽지? 어떻게 이 공기 속으로 스며들 수 있었던 거지? 이곳에서 벌어지는 모든 것이 신기할 따름이었다. 정말이지 이곳에선 예술이라는 단어가 발에 차이는 돌멩이처럼 별것 아니었고 참 쉬웠다. 그렇다고 마냥 가볍다는 말은 아니다. 물 같은 존재라고 하면 설명이 될까. 어디에나 흡수되고 어디로든 흘러갈 수 있는. 이것 참 몇 줄의 문장으로 간단히 표현하기엔 너무도 아까운, 내가 그토록 궁금해하고 원했던 베를린의 아우라를 이로써 처음 맛보았다.

민과 함께 작업실을 쓰는 프랑스 출신 존 필립은 불어와 독일어, 영어 그리고 태국어를 유창하게 구사했다. 여행을 다녀왔었냐고

물었더니 그렇단다. 태국에서 2년, 캄보디아와 베트남에서 석 달, 아프리카에서 2년, 프랑스에서 10년, 그리고 지금 베를린을 2년째 여행 중이란다. 아니, 살고 있다고 해야 맞는 것 아냐?

"존, 그게 여행이야?"

"여행일 수도 있고 아닐 수도 있지. 여행이어도 좋고 아니어도 좋아."

"뭐라고 부르든 상관없다는 건가?"

"원래 사는 게 여행이야. 그리고 도시를 옮겨다니며 사는 것은 내 인생에서 아주 중요한 부분이야. 게다가 지금 프랑스에서는 직업을 구해서 오래 지내는 것이 너무 어려워. 집값도 여간 비싼 게 아니고. 베를린에 사는 건 생각보다 좋아. 창의적인 것들로 가득하거든. 나는 주중엔 회사에서 일을 하고 평일 저녁이나 주말에만 작업실을 써. 사실 여기서 하는 콜라주 작업은 취미나 마찬가지. 이 작업실은 내 사촌과 친구 둘이 작업하는 공간이고 난 이들을 도와주는 수준이라고나 할까."

취미라고 말했지만 존 필립의 콜라주 작품들은 하나같이 멋졌다. 그 역시 작품의 의미와 이미지를 만들게 된 배경을 직접 설명해 주었는데, 낯설고 난해한 비주얼이라 쉽사리 다가가기 힘들었던 콜라주들이 차근차근 눈에 들어오기 시작했다. '아! 그거였구나.' 세 살배기 꼬마가 동물 이름 알아가듯 나는 그의 설명에 홀딱 빠져들었다.

존 필립은 여행을 하는 것만큼이나 언어를 배우는 것도 좋아한다고 했다. 그렇게 말하는 그의 표정에는 벌써 호기심이 가득했다.

그는 나와 민이 한국어로 말하는 소리가 아주 부드럽고 나긋나긋해서 좋다고 했다. 칭찬을 들은 김에 나는 영어와 한글을 비교해가며 몇 마디를 가르쳐주었다. 'cheers'와 '건강을 위하여, 사랑을 위하여, 우리들을 위하여'를 알려주었다. 신기하다며 난리였다. 내친 김에 '존필립'을 한글로 써주었더니 그것도 좋다며 거꾸로도 보고 옆으로도 보고 직접 써보기도 하며 신이 났다. 그리고 그는 답례로 내 이름을 다섯 가지의 언어로 써주었다.

차갑고 무심했던 도시가 하루 만에 십년지기 친구처럼 바짝 다가왔다. 베를린을 조금이나마 더 깊게 구경할 수 있었던 걸까. 내가 느낀 베를린은 '이상하다'라는 표현은 존재하지 않을 것만 같은 이상한 도시였다.

노 이 로 티 탄

일러스트숍 노이로티탄은 경제 원리의 예술 시장으로부터 독립한 지 20년 가까이 되었다. 아티스트의 작업 공간과 작품 발표의 장을 제공하는 목적으로 사용중인 하우스 슈바르젠베르크 2층에 있다. 극장과 레스토랑, 카페, 세련된 옷 가게들이 즐비한 거리에서 노이로티탄을 단번에 찾는 것은 쉽지 않다. 고급스러운 숍들 사이에 난데없이 뻥 뚫린 터널 같은 곳이 있다. 유심히 살펴보면 입구부터 덕지덕지 붙은 포스터와 그래피티로 어지럽고 더러워서 눈길이 가는 곳이 있을 것이다. 그 터널 입구를 찾았다면 따라들어가면 된다. 1층 앞마당에서는 사람들이 너저분하게 맥주를 마시며 이야기하고 있다. 노이로티탄에서는 일러스트 관련 책과 만화, 포스터, 개성 넘치는 음반까지 구경할 수 있다. 작은 공간이지만 갤러리를 겸하고 있어 볼거리가 풍부하다. 음습한 아틀리에의 기운이 마구 솟는 곳이다.

Neurotitan
Rosenthaler Straße 39, 10178 Berlin

클로엣쩨 운트 쉰켄

〈48hours 노이쾰른〉을 구경하던 중 들렀던 카페다. 입구에는 판매용 엽서가 진열되어 있었고 벽에는 커다란 일러스트 작품들이 걸려 있다. 아늑한 분위기이고 다정한 아저씨가 주문을 받아주어 그날의 외로움을 좀 달랠 수 있었다. 카페 안쪽에 긴 사다리가 있는데 천으로 가려놓은 걸 보니 그곳이 아티스트의 작업실인 것 같다. 다시 한번 들렀을 때엔 하늘색 창틀 너머로 내리는 비가 따뜻한 가정집 분위기를 만들기도 했다.

Kloetze und Schinken
Burknerstraße 12, 12047 Berlin

윌리 톰스

콜라주 아티스트의 작업실이다. 건물 안 중정을 지나쳐야 조그만 사무소 같은 작업실이 나온다. 이 작업실은 종이 작품을 모으는 취미가 있는 나에게 보물 창고나 다름없었다. 선명하고 화려한 색감의 콜라주들은 작업실 전체를 뒤덮고 있었다. 전시 기간에 특별히 싸게 내놓은 LP 커버 작품을 두 점 샀다. 정말 사고 싶었던 그의 큰 작품들은 최소 15만 원 정도였다. 아무때나 찾아갔다가 문이 닫혀 있어 돌아온 적도 있다. 만약 작업실에 그가 있다면 양해를 구하고 좀 둘러보아도 좋을 듯하다.

Willi Tomes
Manteuffelstraße 64, 10999 Berlin

겔 레 겐 헤 맨

베를린에 있는 많은 바가 그렇지만 이곳도 상당히 오래된 듯 퀴퀴하고 정겨운 실내를 자랑한다. 50년은 되어 보이는 타일 벽과 타일 바닥, 촌스러운 무늬의 띠 장식, 담뱃재나 곰팡내가 스며들었을 것만 같은 걸쭉한 벨벳소파, 페인트가 뜯긴 채로 무심히 걸려 있는 간판까지 하루아침에 만들어진 곳은 절대 아닌 것 같다. 파이프가 그대로 드러난 창고에서 작품을 주렁주렁 매달아 놓고 전시를 하기도 했다.

GELEGENHEMEN
Weserstraße 50, 12045 Berlin

PETER / 여유를 즐기는 당신

진정 여유로운 삶을 선물 받다

이마가
운동장 같다

큰 눈과 큰 입은
항상 사랑스럽게
웃고 있다

아름답게
클어진 금발머리

키도 크고 목도 길다

후드가 색깔별로
있는 것 같다

베를린의 여름을 보여줄게

피터네엔 민의 집과 마찬가지로 널찍한 방이 세 개 있고 한 방에 한 명씩, 세 명이 살고 있다고 했다. 피터, 필립, 니코 이렇게 셋. 이런 집을 플랫이라고 한다.

피터는 전날 메시지로, 공항까지 마중을 나오겠다며 호의를 보여주었다. 날씨가 좋아서 바깥에 나가고 싶다는 말을 덧붙이긴 했지만 누군가가 나를 위해 공항까지나 마중을 나오겠다고 하는 건 듣기만 해도 설레는 일이었다. 아는 사람이라곤 없는 낯선 곳에 홀로 온 여자에게 베풀어준 그의 친절이 더없이 고마웠다. 하지만 아쉽게도 난 공항에서 가는 길이 아니기도 했고 호스트를 괜히 귀찮게 하는 것은 아닌가 싶어 알아서 찾아가겠으니 걱정 말라고 했다. 구글 맵스를 이용해 주소대로 잘 찾아갔지만 하필 그 건물에는 번지수가 적혀 있지 않고 1층에 카지노 간판만 커다랗게 붙어 있었다. 입구에는 벨마다 이름이 적혀 있었지만 피터라는 글자는 눈 씻고 찾아봐도 없었다. 난감하여 몇 분을 집 앞에서 망설였다. 약속시간보다 늦게 도착하면 피터가 걱정을 하지는 않을지 신경쓰였다. 귀찮게 하는 것보다 걱정시키는 게 더 실례일 것 같아 용기 내어 전화를 했다. 전화기 너머로 들려오는 굵직한 목소리와 빠른 영어에 순간 말문이 막혀 나는 집 앞에 왔다는 것만 알리고 재빨리 끊어버렸다. 이놈의 영어 울렁증……

전화를 끊은 지 일 분도 안 되어 카지노 건물에서 피터가 내려왔다. 웃으며 기타를 연주하고 있는 프로필 사진을 보고 큰 키에 환하게 웃는 얼굴이라는 키워드로 피터를 기억하고 있었다. 피터의 첫인상은 딱 그대로였다. 금발의 레게머리에 멀대같이 길쭉한 피터는 내가 낑낑거리며 들고다녔던 캐리어를 번쩍 들어서 집까지 옮겨주었다. 그것도 즐거운 듯 싱글벙글 웃으면서. 피터의 친구인 필립과 니코도 하나같이 조막만한 얼굴에 키가 크고 늘씬해 나는 순정만화 여주인공이 된 듯 황홀했다. 그렇게 기분 좋게 집으로 들어섰는데 난 또 우물쭈물해야 했다. 이번엔 신발을 벗어야 할지 신고 있어야 할지 몰라서였다. 그도 그럴 것이 신발들은 현관에 쌓여 있었고 피터와 친구들은 맨발이었지만 바닥엔 낙엽과 모래, 먼지들이 엉켜 있어 도대체 여기가 바깥인지 집 안인지 구분이 가지 않았기 때문이다. 현관에서 머뭇거리며 서 있었더니 피터가 더 활짝 웃었다. 나에게 앉으라고 권해준 의자만 빼놓고 식탁도, 복도도 지저분하긴 마찬가지였다. 어지러운 집 안 꼴에 당황해 이곳저곳을 두리번거리자 손동작이 크고 친절한 필립이 눈을 찡긋했다.

"더럽지? 하하하. 사실 이건 더러운 게 아니고 자연스러운 거야. 너에게 베를린의 여름을 보여줄게. 우리집 바닥엔 모래도 있고 벌레들도 있으니 아마 텐트 치고 캠핑하는 기분이 들 거야."

"하하하, 고마워. 그런데 여기 겨울은 엄청 춥다고 들었어. 어때?"

"음, 아방. 우리 겨울 얘긴 하지 말자."

나는 집이 이토록 더러운 게 신기해서 혹시 너흰 청소를 하지 않느냐고 물었더니 피터가 깔깔거리며 말했다.

"어제가 토요일이었잖아. 친구 열 명이 집에 와서 파티를 했어. 다들 새벽에 가고 우린 좀 전에 일어나는 바람에 청소를 못했네."

피터의 머리카락은 갓 지은 새둥지처럼 부스스했고 얼굴은 부어 있었다. 또 한번 내 상식이 빗나갔다. 처음 보는 손님이, 그것도 외국인이 오는데 불과 몇 시간 전까지 신나게 놀고 이렇게 더러운 집 안 꼴과 산발이 된 머리를 보여주다니. 카우치 서퍼를 맞이하는 것이 이들의 일상에 그리 큰 사건이 아니라는 것을 알았다. 그때 필립이 수납장에서 열쇠 뭉치를 꺼내더니 그중 하나를 골라 나에게 건넸다. 당황스러움의 연속이었다. 나도 그들을 믿어 큰 걱정 없이 그곳까지 가긴 했지만 이들도 내가 어떤 사람인지 아는 거라곤 사이트에 올려놓은 소개와 사진, 내가 그린 그림 몇 장이 다 아닌가. 그런데 그들은 딱 그만큼 아는 나에게 스스럼없이 집 열쇠를 건네주고 있다. 알지도 못하는 남자들 집에 겁도 없이 자러 간 내가 만난 지 십 분 만에 그들에게 받은 것은 집 열쇠가 아니라 믿음이었다. 친구들의 오만 걱정 탓에 마지못해 휴대용 호신용 스프레이까지 샀는데. 아무나 믿으면 큰일난다는 요즘 같은 세상에 내가 사람을 못 믿을 이유는 또 뭔가 하는 쓸쓸하고도 한줄기 희망적인 생각이 스치는 순간이었다. 열쇠를 받으니 더 편하게 들락거릴 수 있겠다는 생각과 함께 '이 집은 이제 내 집인가?' 하는 묘한 느낌도 들었다. 단 며칠이지만 믿어주는 만큼 예쁘게 쓰고 떠나고 싶었다.

서울에서도 생판 모르는 사람 집에 가면 긴장하기 마련인데 처음 보는 외국인 청년의 집에서 어떻게 적응해야 할지 고민하며 눈알

을 굴리는 동안 피터는 부스스한 차림 그대로 식탁을 차렸다. 웃음
독버섯을 먹은 것처럼 여전히 으흐흐흐 웃으면서. 그러다가 나에게
몇 년을 같이 산 가족처럼 "무슨 빵 먹을래?" 하고 툭 말을 건넨다.
그 한마디에 어깨에 남아 있던 마지막 긴장이 스르르 녹았다. 사람
은 무언가를 먹으면서 친해진다지. 일어나자마자 만나고, 만나자마자
밥을 먹는 우리. 갈색 바구니에 종류별로 담겨 있는 투박한 독일식
빵. 그 모습은 어릴 때 만화영화에서나 보았던 것이었다. 큰 피터가
조그만 도마에 조그만 빵을 올려놓고 조그만 칼을 이용해 샌드위치
를 만드는 모습도 꼭 만화 같았다. 좁은 싱크대 위에는 버터와 치즈,
온갖 잼이 가득했다. 부엌의 인테리어와 식기, 음식 재료, 잼 병마저
하나같이 우리나라와는 달라서 난 카메라를 손에서 놓지 못했다.

　　"So much different!"

히피들의 텐트

그들과 그렇게 엉겁결에 아침식사부터 하게 되었다. 패키지여행자였
다면 가이드가 데려다준 호텔에서 조식을, 배낭여행자였다면 길거리
에서 파는 싼 크루아상이나 패스트푸드를 사 먹었겠지. 이들과 함께
아침식사를 할 거라곤 생각지도 못했다. 개인주의가 우리보다 강할
것이라는 고정관념 때문인지 얻어 자는 주제에 밥까지 얻어먹을 것이
란 생각은 애초에 하지 못한 것이다. 피터의 집에 온 후로 모든 것이

충격이라면 충격이었다. 빵을 앞에 놓고도 이 생각 저 생각에 빠져 멍하니 집을 구경하는 데만 목을 빼고 있으니까 친구들은 내가 나이프로 잼을 떠서 빵에 발라 먹는 것이 익숙하지 않아 못 먹는 줄로 알고 천천히 먹는 모습을 보여주었다. 친절하기까지 하다. 빵에 잼 발라 먹는 방법까지 배우게 될 줄이야.

　부엌의 벽은 하얀 타일이었고 매직으로 낙서가 마구 되어 있었다. 피터가 그중 눈에 가장 잘 띄는 'SOUL KITCHEN'이라는 낙서 사이에 'E'를 하나 집어넣어, 나를 위해 'SEOUL KITCHEN'으로 바꿔주었다. 피터가 낙서를 고치는 동안 필립은 LP를 얹어 음악을 틀어주었다. 밥 딜런의 〈Like a Rolling Stone〉이 흘러나왔다. 귀에 익숙한 밥 딜런의 포크송은 마침내 이방인인 나에게 주말 아침의 포근하고 산뜻한 기분을 가져다주었다. 필립은 자진하여 디제이를 맡아 바그너와 밥 딜런을 넘나들며 음악을 틀었다. 둘러보니 벽에는 군데군데 지미 헨드릭스의 포스터가 붙어 있었고 피터의 방에는 기타 외에도 갖가지 타악기가 있었다. 피터는 밴드에서 기타를 친다고 했고 니코도 같은 밴드에서 키보드를 맡고 있다고 했다. 금발의 레게머리와 화려한 패턴의 바지, 아프리카 느낌의 타악기들, 그리고 맑게 웃는 모습까지. 피터에게선 그야말로 자유롭고 개방적인 뮤지션의 느낌이 줄줄 흘렀다. 피터의 프로필 사진을 봤을 때부터 베를린에 사는 인디 뮤지션과 한방에 묵을 수 있다며 기대가 만발했었는데 와우, 이건 정말이지 기대 이상이었다. 나는 속으로 어떤 클럽을 추천해달라고 할

지, 주말에 어떤 공연을 보면 좋을지 영어로 되뇌며 히죽거렸다. 반딧불이 반짝이는 초원 한가운데, 밤낮으로 멜로디가 뚱땅대는 히피들의 텐트. 이전의 내 생활과는 참으로 동떨어진 모습이었다. 열세 시간 동안 바다를 건너 날아온 것만큼이나.

숲에서 추는 춤

낮에 마우어파크 벼룩시장에서 산 작은 잡화들을 치렁치렁 달고 다시 피터의 집으로 갔다. 현관문을 열자마자 피터가 성큼성큼 다가오더니 친구들이랑 지금 놀러가려는데 같이 가겠냐고 물어본다. 어젯밤 잘 못 잤는지 많이 피곤하고 생리통도 심해져 걷는 것조차 힘들었지만 지친 표정을 숨기고 곧바로 '좋아!' 외치며 웃었다. '사람'들과 어울리기 위해 온 여행인데 조금 아프고 피곤한 건 괜찮았다.

　　피터와 함께 지하철을 타고 가다 내린 곳은 하셀호르스트 역. 난 어디로 가는지 뭘 하러 가는지도 모른 채 마냥 그를 따라 걷고 또 걸었다. 한참을 걸으니 어느 숲의 입구가 나타났다. 저녁 여덟시가 넘은 시각이었다. 먼 하늘을 보니 무어라 말할 수 없는 금빛 노을이 우거진 숲 위로 유유히 흘러가고 있었다. 노을의 결은 어느 여신의 치맛자락처럼 부드러웠고 나무들의 실루엣은 노을의 빛을 더 아름답게 걸러주었다. 도시에서 이렇게 멋진 자연을 마주칠 줄은 미처 몰랐는데. 숨을 크게 들이마셔보았다.

피터와 친구들은 아무래도 숲에서 소풍을 즐길 모양인가보다. 여전히 아무 말 않고 쫄래쫄래 그의 뒤를 따랐다. 오솔길 주변으로는 높고 큰 나무들이 우거져 있어서 깊이 들어가면 들어갈수록 신비한 기운이 감돌았다. 나는 그저 신났고 피터는 회중시계를 들여다보며 나를 이상한 나라로 데려가는 토끼 같았다. 그렇게 숲속으로 들어가서 흙길을 밟으며 얼마나 걸었을까. 그때였다. 쿵 쿵 쿵 쿵 쿵.

땅을 울리는 낮은 베이스. 이건 분명…… 디제잉? 숲에서 디제 잉이라니?

금붕어같이 어리둥절한 내 얼굴을 앞서가던 피터가 보더니 장난스럽게 웃기만 한다. 답답하게끔 도착할 때까지 말을 안 해주려는 심보인 것 같다. 음악 소리가 커질수록 숨도 빨라졌다. 마침내 도착한 숲속 작은 풀밭은 세상에나, 클럽을 방불케 했다. 역시나 디제이 부스가 있었고 어디서 모였는지 유니크한 차림새의 젊은이 오십여 명이 음악에 맞춰 춤을 추고 있었다. 그러고 보니 오는 길에 분홍색 리본이 드문드문 나무에 묶여 있는 걸 본 기억이 났다. 서낭당도 아니고 무슨 리본을 이런 외진 숲에다가 달아놨을까 하며 대수롭지 않게 여겼는데 이 작은 페스티벌로 안내하는 푯말이었나보다. 낮게 흐르는 강 앞에 분홍색 리본을 단 커다란 스피커가 있었고 술과 음료를 파는 부스가 있었고 제멋대로 입은 사람들이 제멋대로 마시며 놀고 있었다. 한쪽에서는 빨간 머리를 하고 귀여운 어그 부츠를 신은 남녀가 다정하게 잎담배를 말아 피우고 있었다. 다른 쪽에서는 멋지게 차려입은 게이 커플이 다정하게 귓속말하며 리듬을 탔다. 피터와 필립, 그리고 그곳에서 만난 다른 친구들과 나도 물 만난 듯 요리조리 몸을 흔들었다. 기분에 취해 평소에는 잘 마시지도 않는 맥주를 두 병이나 마셨다.

밤 열시가 다 되어가는데 하늘은 여전히 파랬다. 때론 모닥불에서 피어오르는 연기가 몽롱한 분위기를 연출했고 분홍색 리본이 바람을 탔다. 자연과 어우러진 이 작은 페스티벌에 유행 같은 건 없었다. 스마트폰을 보는 사람도, 남의 눈치를 보며 옷매무새를 다듬는 사람도, 트렌드에 따라 춤을 추는 사람도, 부비부비를 시도하는 사람도 없었다. 숲, 호수, 음악, 춤이라기보다는 움직임에 가까운 몸짓, 담배 연기, 맥주, 모닥불, 그런 우리를 가만히 지켜봐주는 구름, 그렇게 너와 나의 감성만이 살아 있을 뿐이었다.

우린 뮤지션이 아니야

맥주 두 병으로 버텼던 배가 결국 춤으로 다 꺼졌다. 친구들도 역시 허기졌는지 다 같이 피터네 집으로 몰려가 샌드위치를 만들어 먹었다. 우리나라처럼 24시간 치킨집이나 족발집이 널린 게 아니어서 있는 재료로 간단히 음식을 만들어 먹는 것이 더 일반적인 모습이었다. 야식을 먹느라 주방은 어느새 또 난장판이 되었다. 필립은 접시만 쌓아놓기에도 모자란 좁아터진 싱크대 위에 노트북을 턱 올려놓았다.

그는 좀 전의 여흥이 가시지 않는지 엉덩이를 씰룩대며 멋진 음악을 하나씩 틀어주었다. 그리고 빵을 우물우물 씹으며 나에게 물었다.

"아방, 어땠어? 재밌었어?"

"당연하지! 숲속에서 춤을 추는 건 너무 신기해! 서울엔 작은 공원은 있어도 숲은 별로 없고 공원에서도 음악 틀고 춤추면 신고가 들어오니까. 기타만 치고도 쫓겨난 적이 있어."

"그럼 노는 것 말고 대화는 어때? 서울과 여기의 대화는 달라?"

"대화는 비슷하지. 하지만 인사가 달라."

"인사?"

"응. 우리나라에선 만나고 헤어질 때마다 서로 볼을 맞대거나 포옹을 하는 그런 인사는 잘 안 해. 보통 안녕이라고 말하면서 손을 흔들거나 고개를 까딱이는 게 다지."

"하하하! 맞아. 원래 독일 사람도 그렇게 인사하진 않아. 프랑스인이 발랄하게 인사할 때에도 독일 사람은 뚝 떨어져서 악수를 하거나 때론 아무 제스처도 하지 않아. 하지만 우리는 달라. 꽤 가깝고 친근하게 인사하는 편이야."

필립은 말하면서도 어깨와 팔을 계속 들썩거리며 그들의 인사를 설명했고 애교 가득한 입으로는 샌드위치를 먹었다.

"베를린엔 너희처럼 그런 오픈마인드를 가진 사람이 많지? 며칠 전에 봤던 민의 친구들도 매번 껴안으며 인사하더라고."

"맞아! 여기가 좀 그래. 베를린은 독일 같지 않은 도시야. 유럽의 어느 도시를 봐도 이런 곳은 없을 거야. 히피라고나 할까. 좀 그런 사람들이 몰려 있지."

"맞아. 베를린은 여러모로 참 매력 있어. 너희 평소에는 뭐해?"

"우리? 누워 있어."

"응?"

"공원에 가서 누워 있어. 캐치볼도 하고. 하하하."

누워 있는다는 농담 섞인 그의 말을 믿었다. 왜냐하면 이들을 정말 낮에는 하는 일 없이 공원에 누워서 일광욕으로 시간을 때우고 저녁에는 합주를 하고 주말에는 공연을 하는 그런 가난한 인디 뮤지션쯤으로 알고 있었으니까.

"그럼 내일은 뭐할 거야?"

"학교 가야지. 월요일이잖아."

"학교? 대학교? 전공이 뭔데?"

필립이 먼저 대답했다.

"역사학. 요즘은 동양의 역사에 관한 세미나를 듣고 있어. 특히 한국과 일본과 중국, 그리고 북한에 관한 것도 공부하고 있는데 되게 흥미로워."

다음으로 피터가 말했다.

"나는 약학. 나중에 내 전공을 살려서 가르치는 사람이 되고 싶어. 우리 부모님도 두 분 다 수학 선생님이거든."

그리고 니코는 사회과학을 전공하는 학생이라고 했다.

"맙소사. 난 너희가 당연히 뮤지션이나 예술가인 줄로만 알았어! 너희 일상이나 집 분위기나 옷차림을 봐서는 누구라도 뮤지션이라고 하면 믿었을 거야. 그런데 뭐야. 역사학, 약학, 사회과학? 그렇게 어려운 공부를 하고 있다고는 생각하지도 못했어."

"예술가? 그게 더 어렵네. 난 그런 것 잘 몰라."

셋은 공원에 누워서 하루를 보낸다는 말을 그대로 믿은 내가 더 귀엽다는 듯 웃었고 자기들은 예술과는 거리가 멀다고 했다. 거리가 멀긴, '너흰 모습부터가 전혀 평범한 대학생 같지 않다고!'라고 말하고 싶었지만 내가 이제껏 정립해온 평범한 대학생의 모습과 예술적인 사람의 모습을 구분 짓는 기준으로부터 어떤 틀에 갇혀 있지 않았나, 이들과 다르게 생각하지 않았나 싶어 말을 삼켰다. 나는 내가 사람에 대한 고정관념이 적은 편인 줄 알았는데 약학과 학생과 뮤지션은 생긴 것부터 다를 것이라 생각하고 있는 스스로에게 좀 놀랐다. 베를린은 예술이 자연스러운 도시라는 것을 노이쾰른에서도 느끼기는 했지만 이들과 함께 시간을 보내며 얘기를 나누면 나눌수록 나도 참 좁게만 보고 살았구나 싶었다. 피터는 내일 새벽같이 나가서 집회에 참석하고 난 뒤 아홉시부터 전공 수업을 듣는다고 했다. 그들은 유머러스하고 자유롭고 순간을 즐길 줄 알면서도 신념과 목표가 나름 뚜렷한 청년들이었다. 피터네 집에 온 지 겨우 만 하루가 지났을 뿐인데 내 머릿속에서는 꽤 많은 생각의 변화들이 일어나고 있었다. 베를린은 도대체 어떻게 생겨먹은 도시일까.

KREUZBÄR

Fass brause mit Koffein

우리 수영하러 갈래?

집과 건물들은 전부 몇백 년이 된 것들이라 외관이 고풍스럽고 천장
은 높았다. 피터의 방에도 피터가 직접 나무를 잘라 만든 사다리까지
대놓은 복층이 있었다. 그는 평소에도 그곳에 이불을 펴놓고 자니까,
나더러 그의 방 한가운데에 매트리스를 깔고 자라며 이불과 베개를
척 던져주었다. 덕분에 첫날부터 두 다리 쭉 펴고 내 방에서처럼 잘
잤다. 일어나보니 피터는 전날 입었던 화려한 무늬의 바지만 허물마
냥 의자 위에 홀라당 벗어놓고 뱀처럼 벌써 학교에 갔는지 보이지 않
았다.

　　낮 기온이 35도를 웃도는 날씨였다. 길이 워낙 넓어서 맞은편 도
로명 표지판을 확인하기 위해 길 하나를 건너려는데도 땀이 쏟아져
두렵기까지 했다. 가고 싶었던 곳을 찾으려고 몇 발자국 떼며 의지를
불태워보다가도 이내 다시 지하철역으로 들어가버리기를 여러 차례.
높이 떠서 환희의 춤을 추고 있는 태양을 보니 더 걸어갔다간 벗어날
수 없는 햇빛의 구렁텅이에 갇혀버릴 것이 분명했고, 발걸음은 나도
모르는 사이에 왔던 길을 되돌아가고 있었다. 날씨는 사흘에 한번 꼴
로 쨍쨍했다. 쨍쨍한 날이면 땀까지 다 쓸어가버릴 것처럼 햇빛은 강
렬했다. 날씨에 민감한 탓에 맑은 날은 맑은 날대로, 흐리고 추운 날
은 또 그런 날대로 돌아다니는 것이 힘겨웠다. 굳이 무리하지 않기로
했다. 지하철역 근처를 서성대기만 세 시간. 나는 집으로 가는 쪽을

택했다. 칠 년 전 처음으로 유럽 배낭여행을 했을 때 지치고 아픈 것
도 참아가며 하루에 열 시간씩 걸어다니기도 했었다. 하지만 죽기 전
에 다시는 못 올 것처럼 다녀왔다는 흔적을 남기는 데 여념이 없었던
그때의 여행과 지금의 여행은 동기부터가 다르므로 마음가짐도 다를
수밖에 없었다.

돌아와 피터의 푹신한 소파에 파묻혀 푹 자버렸다. 꿀맛 같은
낮잠에서 깨어나니 모두들 학교에서 돌아와 있었다. 이번에도 피터는
친구들과 자전거를 타고 근처 공원에 갈 참인데 같이 가겠느냐고 다
짜고짜 내게 물었다. 얘네는 매일같이 나가서 노는가보다. 당연하지!
나에게 수영도 할 거냐고 물었다. 한여름 휴양지도 아니고 뜬금없이
공원에서 웬 수영? 수영복 같은 건 챙겨가지 않았으므로 일단 패스.
피터는 남는 자전거가 하나 있으니 그걸 타도 좋다고 했다. 자
전거를 타고 달릴 생각에 들떠서 그를 따라 계단을 깡충깡충 내려갔
다. 그러나 아쉽게도 피터의 자전거 바퀴 지름은 내 다리보다 길었
다. 어떻게든 타보겠다고 낑낑대보았지만 페달에 발이 닿지 않는 걸
무슨 수로 타랴. 피터가 미처 생각하지 못했다며 미안한 표정을 지
었다. 네가 미안할 건 없지. 너희 나라 자전거 바퀴가 너무 배려 없
이 큰 탓이지. 어쩔 수 없이 나는 피터의 기타를 대신 메고, 그의 자
전거 뒤에 실려가게 되었다. 아무래도 상관없었다. 지하철이나 트램
이 아닌 사방이 뻥 뚫린 이동수단으로 거리를 달릴 생각에 난 충분
히 흥분했다. 베를리너들은 자가용보다 자전거를 자주 이용한다. 자

전거 문화가 잘 정착되어 있어서 아주 어린아이부터 백발의 노인들까지 어떤 옷차림으로도 자전거를 타고 다니니 그것 또한 멋진 풍경이었다. 자전거 하나에 나는 소녀가 되어 방실방실 웃음을 멈추지 못했다. 피터가 나 때문에 힘겹게 가는 것은 아닌지 좀 미안하긴 했지만 8차선 도로 위에서 쌩쌩 달리는 그 순간은 말할 수 없는 행복감에 젖어 드라마 여주인공이나 된 양 눈을 감고 바람을 마셨다. 엷은 꽃무늬 스카프라도 매고 있었더라면 좋았을 텐데……. 별 유치한 상상을 다 했다.

피터는 힘겹게, 나는 행복하게 공원에 도착했다.

공원이라기엔 역시 너무나 우거진 숲과 강, 그리고 웃통을 벗은 남자들과 비키니 차림의 여자들. 마네의 〈풀밭 위의 점심식사〉 뺨치는 그림이 그곳에 또 있었다. 역시 베를린은 오늘도 기대를 저버리지 않고 나에게 놀라움을 선물하는구나. 평소 같았으면 볼만한 것만 스캔했을 시선도 걸음을 따라 느긋해졌다. 느리고 느리게 건조한 햇볕을 쬐고 저녁의 칼바람도 그대로 느끼고 싶었다.

사람들은 그 자리에서 서슴없이 옷을 벗어던지며 수영복으로 갈아입었고 남자들은 도중에 엉덩이가 드러나도 별로 개의치 않았다. 풀밭에 드러누운 수영복 차림의 사람들은 저마다 가지고 온 장난감을 가지고 놀며 시간을 보냈다. 탁구를 치고 자두로 저글링을 하고 원반던지기를 하거나 캐치볼을 했고, 연인들은 나른한 강물 위에 보트를 띄우기도 했다. 나는 이런 풍경들을 스케치하려고 드로잉

북도 들고갔건만 막상 흰 종이를 바라보니 그 시간이 아깝다는 생각
이 들었다. 에라이, 모르겠다. 친구들이 펴놓은 돗자리에 벌러덩 팔
을 베고 누웠다. 간만에 두 손이 아무것도 하지 않고 쉬는 시간. 머
릿속을 꽉 채우고 있던 복잡한 어느 한 부분이 가볍게 날아갔다.

　　피터와 친구들은 수영을 하러 가겠다며 바지를 훌렁훌렁 벗고
강 쪽으로 걸어갔다. 훤칠하게 잘 빠진 피터와 친구들의 수영복 차림
을 바라보며 침을 질질 흘렸다. 때론 표정을 못 숨기고 좋아서 쿡쿡
거리기도 했다. 친구들은 다이빙하기 좋게 강 쪽으로 멋지게 기울어
진 나무를 타고 차례로 올라갔고 나무 위에서 피터가 나를 향해 활
짝 웃어 보였다. 그 순간은 내가 여태 베를린에서 본 장면 중 가장
완벽했다. 피터의 웃는 얼굴도 이미 멋진데 빛나는 강물과 사그락거
리는 나뭇잎, 가볍게 날리는 금색 머리칼까지 더해져 그의 일상은 나
에게 환상적으로 다가왔다. 어쩜 이렇게 자유로워 보일까. 누군가에
겐 일상적일지 모를 장면이 다른 누군가에겐 이렇게 특별한 기억으
로 남을 수도 있었다.
　　수영을 마친 그들은 풀밭에 앉아 머리를 말렸다. 나는 비키니
를 입은 여자들의 화장기 없는 예쁜 얼굴을 넋 놓고 바라보느라 바
빴다. 날씨가 좋은 날이면 모두들 오후 내내 흙과 풀과 한몸이 되어
티끌은 아무렇지 않다는 듯 뒹구는 것 같았다. 해가 질 때쯤, 그들은
다 늘어난 에코백과 작은 배낭에 갖고 왔던 물건들을 다시 쑤셔 넣었
다. 음식물이 묻어 있는 포크와 숟가락도 주머니에 넣고 젖은 수건과

흙이 묻은 돗자리도 그냥 둘둘 말아 넣었다. 풀밭 위를 뒹굴다 엉덩이에 번진 풀물도 신경쓰지 않았다. 사람들이 떠난 자리에 나뒹구는 신문지나 깡통 같은 건 보일 리가 없었다. 돗자리에 뭐라도 묻을세라 물티슈로 닦고 털고 했던 나와는 달랐다. 같은 도시인데도 여기는 자연과 사람의 경계가 이토록 옅었다.

완벽한 여행을 위한 헤어스타일

―여름 좋아해?

―아니 별로. 넌 여름 좋아해?

―응.

―왜?

―몰라. 겨울은 좋아해?

―겨울도 별로. 넌?

―난 겨울 좋아해.

―왜?

―몰라. 그럼 넌 어느 계절이 좋아?

―초여름.

하얗게 얼어붙어 코끝 시린 날씨를 좋아하는 친구와 부서질 듯 싱그럽고 불면 날아갈 듯 가벼운 공기를 좋아하는 나. 초여름은 나에게 특별하다. 그냥 그렇다. 이름부터 예쁘다. 굳이 이유를 묻는다면 나의 러브스토리를 장황하게 펼쳐내야 하는데 그런 짠한 러브스토리 쯤은 누구나 하나씩 가져보았을 테니 생략하기로 한다. 어쨌든 왠지 초여름은 누구에게나 특별할 것 같다. 하지만 새침하게도 초여름은 살금살금, 오는지 가는지도 모르게 살포시 내려앉았다가 가버린다.

햇빛이 숨을 곳 없어 너무 환한 월요일, 나도 아무데도 숨지 못하고 프라이팬 같은 방바닥 위에서 바싹 마른 빈대떡이 되었다.

머리를 하러 가기로 했다. 여행중에 웬 미용실?

내 머리는 밥 말리 스타일로 꽤 알려진 드레드락 레게머리다. 베를린에 오기 전 서울에서 50만 원이나 주고 완성한 금싸라기 같은 머리카락이다. 회사를 그만두고 혼자 그림 그리는 일을 시작한 후로 1년이 지나서였다. 단지 멋있어 보여서 한 것은 아니었다. 레게머리를 하게 된 배경을 설명하려면 더 거슬러올라가야 한다.

나는 아주 순진한 학생이었다. 평범한 여고를 다니면서 평범한 대학생을 꿈꾸고 평범한 대학교를 다니면서 평범한 직장인을 꿈꾸고 평범한 직장에 다니다보면 평범한 남자를 만나서 아기 낳고 어찌어찌 잘 살 줄 알았다. 모두가 그런 줄 알았다. 그림을 좋아해서 별 고민 없이 디자인학과를 선택했고, 역시 별탈 없이 졸업해 서울에 있는 작은 디자인 회사에 다녔다. 착하지도 나쁘지도 않은 그저 그런 길이었다. 순탄했지만 지루했다. 서울 생활은 이전의 평범한 생활과 조금은 다를 줄 알았으나 회사, 집, 회사, 집, 이리저리 돌려봐도 내게 직장인이라는 수식어만 붙었지 예전과 다를 바 없었다. 그렇게 직장 생활 3년차 되던 날, 내가 사는 게 아니라 오늘이 사는 것 같단 생각이 불쑥 들었다. 나는 가만히 있는데 하루가 그냥 지나갔다. 그후로 맘속에선 어떤 생각이 자꾸만 일렁거렸지만 눈치 없는 시간에게 브레이크 따위는 없이 여전히 오늘들은 잘만 흘러가고 있었다. 커가면서 두려움과 망설임만 배운 건 아닐까. 다른 길로 가볼까 한눈이라도 팔려고 하면 주변 사람들은 내게 철이 없다고 했다. '철'은 나이와 직장과 결혼 여부로 따지는 게 아닐 텐데. 회사에서의 마지막 1년간, 불켜진 형광등에 매달려 하루 벌어 하루 사는 나방처럼 버티다보니 내 갈망과 꿈은 점점 커졌다. 더이상 질질 끌 수 없다는 마음과 함께 결단이 섰다. 그 결단엔 꿈도 못 꾸고 어느덧 나이만 왕창 먹었다는 언니 오빠들의 응원도 한몫했다. 그래, 막연히 미래를 기다리는 것보다 내가 미래에 뛰어드는 게 나았다. 그제야 내 꿈이 이빨을 드러낸 모양이었다.

 하지만 나는 인맥도 배경도 없고 뭣도 없고 심지어 채색 도구 한번 제대로 써본 적 없는, 그냥 낙서를 좋아하는 사람이었다. 그래서 갑자기 혼자 그림을 그려 밥 벌어 먹고살겠다고 선언했을 때는 한동안 말도 못하게 힘들었다. 바닥에 놓인 새하얀 종이만큼 막막했다. 취미도 갖지 않고 친구와 약속도 잡지 않고 매일을 작은 원룸에 틀어박혀 연습과 고민으로 보냈다. 그래도 운이 좋아 반년도 채 되지 않아 덜컥 책이나 잡지의 그림을 그리게 되었고 전시도 몇 번 했다. 그렇게 야금야금 프리랜서의 생활이 시작되었다. 그후 1년 동안 새벽부터 새벽까지, 월요일부터 월요일까지 그림을 놓고 고민했고, 한계를 보고 스스로 실망했고, 스트레스 받았다. 하지만 이상하게도 그 시간이 싫지 않았다. 내가 좋아하는 일로 고민하며 하루하루를 살아가는 것이 즐거웠고 행복했다.

다만 문제는 외로움이었다. 혼자 작업하는 시간이 늘어가면서 마냥 즐거울 수만은 없었다. 그래서 때론 밴드 활동을 하는 친구들이 부러웠다. 정확히는, 음악 한 곡을 완성하기 위해 함께 합주하고 의논하여 방향을 잡아나가는 과정이 부러웠다. 커다란 방에서 그림을 그릴 때, 행복에 겨워 이 마음을 손으로 마구 표출하고 싶다가도 돌연 외로워지기 일쑤였다. 어떤 주제든 함께 대화를 나눌 상대가 필요했고, 아이디어를 위한 헛소리 타임이 필요했고, 더 나누고 배우고 경험하고 싶었다. 뭘 더 배우자니 돈을 내고 다시 학교나 학원에 가서 기술적인 것을 배우지 않는 이상 인터넷으로 보고 서점에서 보는 수밖에 없었다. 그렇게 더 배우고 더 보고 싶어하면서 아이러니하게 나는 회사 다닐 때보다 더 많은 시간을 일 속에서 허덕이고 있었다. 쉬는 시간을 조절할 수 있는 여유나 융통성도 없어 따사로운 햇살이 비추는 날이나 늘어져 자고 싶은 날이어도 무시하고 그저 일에 매달렸다. 나뿐 아니라 많은 사람들이, 특히 혼자 밥 벌어 먹고사는 사람들이라면 한 번쯤 이런 상황을 겪었을 것이라 생각한다. 회사에서 탈출을 감행한 지 1년. 일에 가속도가 붙을수록 외로워졌고 그만큼 또다른 탈출이 절실해졌다. '좋아하니까 괜찮아. 어쩌겠어'라는 스스로

의 위로는 더이상 효력이 없어진 것이었다. 방법은 하나밖에. 배움과 경험에 있어서 여행보다 좋은 것이 어디 있으랴.

그림의 세계에 막 발을 들인 마당에 일이 끊어질까봐 회사를 그만둘 때보다 더 불안했지만 절박한 마음을 둘 곳이 없던 3월, 어느 갤러리에서의 전시를 준비하던 도중 결국 베를린행 비행기 티켓을 끊어버렸다. 그리고 그길로 특수헤어 전문숍에 가서 레게머리를 했다. 부모님께는 여행중에 머리를 감지 않아도 되니 편하다는 핑계를 대긴 했지만 사실 그건 나에게 헤어스타일 그 이상이었다. 거칠게 엮인 레게머리는 나에게 최고의 자유를 줄 것 같았다. 내 발에 덕지덕지 붙어 있는 수많은 것들을 가벼이 떨쳐내고 여행에서만큼은 정말이지 머리카락을 날개 삼아 훨훨 날아다니는 상상을 수도 없이 했다. 머리카락이 나 대신 영어까지도 능숙하게 해줄 것만 같았다. 레게머리가 나의 다람쥐 쳇바퀴 같은 생활에 전환점이 되어줄까. 새롭고 신선한 나를 마주하게 해줄까. 그런 걸 머리카락에 바라고 있는 나도 참 웃기다.

레게머리를 하고서 두 달가량이 지나 머리카락이 많이 자랐다. 자라난 머리의 뿌리 쪽을 다시 메우는 보수를 받기 위해 한 레게머리 전문 미용실을 찾아갔다. 전체를 풀었다가 다시 하는 데 95유로라고 했다. 우리나라 돈으로 15만 원이 채 안 되는 가격이었다. 서울에서 자란 부분만 보수하는 가격과 비슷한 값에 머리 전체를 새로 할 수 있다는 말이니 고민할 필요가 없었다. 만세! 열 시간 가까이 걸렸던 스타일링도 서너 시간이면 된다니 그것 또한 놀라웠다. 문제는 머리를 해주는 흑인 언니와 의사소통이 잘 안 되는 탓에 내 의견이 명확히 전달되었는지는 알 길이 없었다. 나는 좀 불안한 마음에 지금과 똑같은 스타일을 해달라고 재차 얘기했다. 그녀는 쿨한 표정으로 알겠다고 하면서도 지금 머리는 너무 거칠다며 혼잣말을 해댔다.

정말 딱 네 시간 후 내 머리는 블레이즈 스타일이 되어 있었다. 매끈하게 땋아놓은 머리. 예전 머리가 말 그대로 거친 사자의 갈기 같은 느낌이었다면 지금은 미끄덩한 물뱀 여러 마리를 머리통에 갖다붙여놓은 생김새였다. 원래 풍성하고 지저분한 스타일을 선호하는지라 아침마다 사자 갈기를 아무렇게나 묶고 거울을 볼 때면 그날을 정말 사자처럼 거침없이 보낼 수 있을 것 같은 당당한 착각에 빠지곤 했는데, 얇고 차분해진 머리를 보니 갑자기 대머리가 된 것 같았다. 그렇지 않아도 동양 여자애가 레게머리를 하고 다니는 것이 흔치 않아 길을 걸을 때마다 많은 시선이 오는데 이젠 대머리가 된 나를 쳐다보는 것 같아 더 부끄러웠다. 이미 돈도 지불했고 네 시간 걸려서 열심히 꼬아놓았는데 어쩌겠나. 그래도 머리에 담요를 뒤집어쓴 것처럼 조금은 더워 보였던 모습이 한결 시원해지기는 했다며 애써 웃었다. 부끄러움과 시원함의 경계에서 좀더 적응해보자. 명색이 자유와 용기를 상징하는 머리 아닌가!

너흰 뮤지션이자 요리사구나

부를 때가 됐는데, 하고 생각하는데 기가 막히게 "아빵" 하고 나를 부르는 소리가 들렸다. 밥 시간이 반가운 강아지처럼 쪼르르 부엌으로 달려가니 매콤하고 고소한 냄새가 훅 풍겨와 군침이 돌았다. 늦은 시각, 다들 피곤한 얼굴이었지만 웃고 있었다. 오늘 저녁은 니코가 만들었단다.

밥이었다! 매번 딱딱하고 느끼한 빵 쪼가리만 먹는 것이 너무 지겨웠던 나는 밥을 보자 너무 반가워 얼굴이 민망할 정도로 활짝 피었다. 당근과 다진 고기를 매콤한 소스와 함께 볶은 접시 하나, 붉게 양념된 쌀밥 접시가 하나 있었다. 그것들을 각각 앞접시에 덜어 섞어 먹었다. 길쭉한 쌀은 푸르르 흩어졌지만 의외로 고소했고 한데 모아 씹는 재미도 있었다. 한 번도 어디서 먹어보지 못한 맛이어서 뭐라 표현하기가 어려웠다. 너무 맛있는데 자꾸 맛있다고만 말하기도 식상해 접시만 열심히 긁어댔다. 요리할 때 옆에서 레시피라도 좀 훔쳐볼걸.

두 접시를 뚝딱 비우고 났더니 필립이 작은 접시를 꺼내어 디저트를 담아왔다. 티라미수였다. 빵과 크림과 코코아가루가 겹겹이 쌓인 풍만한 티라미수는 싸구려 플라스틱접시 위에서도 고급스러운 자태를 뽐냈다. 필립이 만든 거란다. 세상에나. 유명한 베이커리에서나 볼 법한 비주얼인데 필립이 만들었다니. 평소에 뭘 만들어 먹질 않아서 요리하는 것에 환상이 있는 나는 차례로 음식을 만들어 먹는 이

남정네들의 모습이 마냥 신기했다. 밥은 그렇다 쳐도 디저트까지 만들어 먹다니 말이다. 나는 맛있는 걸 입에 잔뜩 넣고 호들갑스럽게 떠들었다.

"너희들은 뮤지션이자 요리사구나!"

그들은 새로운 음식을 먹을 때마다 새로운 접시와 포크와 컵을 꺼냈다. 식사 한번 하고 나니 작은 식탁과 싱크대가 식기와 갖가지 잼 병에 빵부스러기까지 보태져 더이상 뭘 쌓지도 못하게 꽉 찼다. 자정이 다 되어갔고, 치우지 않은 접시가 피사의 사탑처럼 무너질 듯 차곡차곡 쌓여 있는 걸 보면서도 친구들은 여전히 부른 배를 토닥이며 하루 일과에 대해 수다를 떨었다. 나는 높게 쌓인 접시들이 거슬렸고 그것을 언제 누가 다 치우나 궁금해서 대화에 집중하질 못했다. 예전에 나도 친구들과 함께 살 때, 공동생활에서 청소나 뒷정리가 얼마나 민감한 부분인지 알았기 때문에 더 신경쓰였다. 결국 궁금함을 참지 못하고 대화에 끼어들었다.

"있잖아, 설거지는 누가 해? 이 지저분한 식탁 정리는 누가 언제 다 해?"

"하하하. 누군가 해. 시간 되는 사람이."

"벌써 새벽 한시고 내일 아침에 너흰 학교에 가잖아."

"글쎄, 누군가는 해. 하하하."

"흠, 그러니까 도대체 누가……"

"누군가!"

"그럼 너네는 안 싸워?"

"왜 싸워? 우린 아홉 살 때부터 친구여서 그다지 싸울 일이 없더라고."

"그렇지만 살다보면……"

"우리 싸우기도 하나? 음, 누가 화장실을 쓰고 있으면 난 조금 기다렸다가 쓰면 되고, 오늘 저녁을 니코가 만들었으면 내일은 피터가 만들면 되고. 내일은 내가 학교에 안 가는 날이니 오늘 먹은 것들은 내가 치우지 뭐."

필립이 시원스럽게 대답했다. 그래, 누구나 다 아는 쉬운 답변이고 어찌 보면 당연한 답변이라 맥빠지긴 했지만 어쩐지 부러웠다. 이뿐 아니라 피터네 집에 며칠을 머무는 동안 쿨하면서도 이해심과 우정이 가득한 친구들의 모습에 적잖은 감명을 받았었다. 이런 것도 환경 탓일까. 이들처럼 한 발짝 양보하고 조금만 이해해주어도 싸울 일이 없다는 것을 난 이미 알고 있었는데 함께 사는 친구들과 사소한 것에도 신경전을 벌이곤 했다. 누구보다도 먼저, 그리고 빨리 해야 한다는 강박 속에 살다보니 내 시간을 좀더 쓰는 것이 아깝고 억울했던 걸까. 결국에는 내 시간, 내 수고에 보상받고 싶어하는 마음이 매사 조급하게 발을 동동 구르게 했던 건 아닐까.

친구들과 함께하는 것에 야박했던, 해야 할 일과 커리어에만 급급했던 나의 지난날이 떠올라 조금 창피했다. 안간힘을 써도 하루가 모자랐기에 잠시 스쳐가는 하늘과 마주하는 시간도 아까웠고, 친구의 얼굴을 가만히 바라보며 얘기를 들어주는 시간마저도 사치로 여겼었다. 그래서 처음엔 이들이 한없이 느긋하고 계획 없어 보였는데 이곳에 머문 지 나흘째에 자연히 시간을 대하는 나의 자세에 대하여 돌아보게 되었다.

역사나 약학을 공부하는 학생이면서도 클래식과 현대음악에 조예가 깊고 뮤지션으로 착각할 정도로 자유로운 분위기를 내뿜으며 수준급으로 요리도 하는 건 이들이 하루 25시간을 살기 때문은 아닐 것이다.

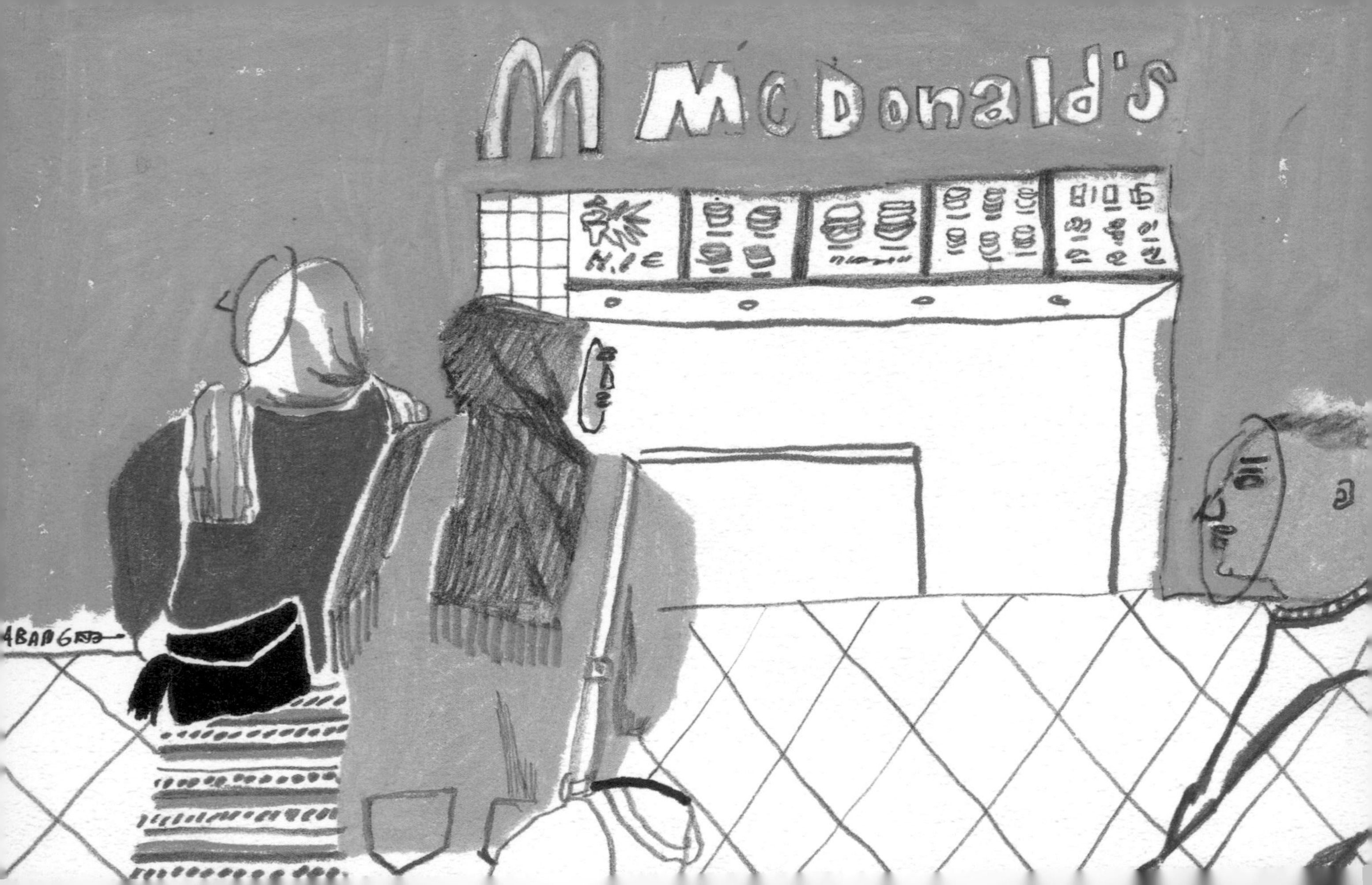
McDonald's

코코우 살롱

간판은 아트숍/갤러리/프로젝트 공간이라고 소개하고 있지만 나는 그곳을 간단하게 소품숍으로 기억한다. 상큼발랄하고 컬러풀한 동시에 빈티지한 느낌이 물씬 풍기는 곳이다. 아기자기하고 자잘한 핸드메이드 소품들이 대부분이었는데, 그중에서도 일러스트가 그려진 에코백과 포대 자루를 재활용한 핸드백이 인상적이었다. 특히 포대 자루 핸드백은 빈티지한 문자와 무늬가 자연스레 프린팅되어 독특했다.

Saloon su de cocou
Weserstraße 202, 10629 Berlin

마우어파크 벼룩시장

보물 천지라는 것을 알고 갔는데도 입이 떡 벌어졌다. 머릿속으로만 알고 있는 것과 실제로 본 후 알게 되는 것의 차이는 컸다. 들은 대로 없는 게 없어 보이는 천막들이 끝도 없이 이어진다. 우리나라에서 구하기 힘든 희귀한 옛 물건들을 싼 가격에 살 수 있다. 물론 흥정은 필수다. 베를린엔 많은 벼룩시장이 있지만 마우어파크 벼룩시장의 규모가 제일 크다고 한다. 몇십 년도 더 되어 보이는 옷들과 음반, 그릇, 가구, 카메라와 조잡한 장식품들을 파는 천막 사이사이를 거치니 드넓은 잔디밭이 펼쳐졌다. 마우어파크를 본 후로 베를린에 있는 동안 일요일 낮에는 무조건 벼룩시장을 돌아보게 되었다. 나중에는 군것질이라도 하고 싶어 괜히 찾아가기도 했을 만큼 매력적인 곳이다. 배가 불러도 양손에 먹을 것과 맥주를 들고 사람들 틈을 헤집고 다니다가 나에게 꼭 맞는 작은 물건을 발견할 때의 기분이란!

Mauerpark Flohmarkt
Bernauer Straße 63-64, 13355 Berlin

그로버 운후크

만화책과 동화책, 그림 등을 파는 곳이며 간판에 아예 코믹갤러리라고 쓰여
있다. 내 직업이 일러스트레이터이다보니 그림이 보이는 곳이면 무조건 발을
들이밀었다. 생각보다 작았지만 장난스러운 간판만큼이나 익살스러운 물건
들로 가득하다. 책뿐 아니라 바바파파나 스머프, 심슨 같은 다양한 캐릭터상
품, 장난감, 인형 등도 진열되어 있어 독특하고 친근한 분위기의 가게다. 캐릭
터나 만화, 그림책에 관심이 있는 당신이라면 이것저것 구경하는 재미가 쏠
쏠할 것이다.

Grober Unfug
Zossener Straße 33, 10961 Berlin

MARCO / 절대 특별하지 않은 당신

모두가 평범하고 모두가 특별하다

머리숱이 얼마 없어서 이마가 까까졌다

까맣고 큰 뿔테 안경이 디자이너의 이미지를 살려주는 유일한 도구 같다

어질고 부드러운 눈매

옆집 털보 삼촌 같은 친근한 분위기

-가 보다 편안한 티셔츠 차림

MARCO

친절한 마르코

3박 4일은 마르코네 집에서 지낸다. 마르코는 이탈리아 출신이고 바이마르에 있는 대학교에서 디자인을 공부한 편집디자이너다. 사실 그는 내가 제일 기대한 호스트였다. 나이는 나보다 세 살 많아 비슷한 연배였지만 같은 분야에서 이미 굵직한 일들을 하고 있었기 때문에 나는 그가 무척이나 보고 싶었다. 미리 훑어본 그의 사이트와 아트워크는 나를 더욱 설레게 했다. 스케일이 크고 독특하며 특유의 시크함이 담긴 프로젝트들이었다. 그의 작업환경은 어떨지 매우 궁금했다. 게다가 얼굴을 가린 프로필 사진과 이모티콘 없는 메시지 때문에 나는 그가 카리스마 넘치고 자로 잰 듯한 느낌의 차가운 디자이너일 거라 상상했다. 카우치 서핑이 아니었다면 내가 무슨 수로 여행중에 현직 디자이너의 집을 구경해보겠는가!

　　그의 시간을 방해하는 것은 아닐까 싶어 조심스럽게 현관문을 두드렸다. 똑똑. 기다렸다는 듯이 문을 열어주는 마르코. 이 사람이 마르코가 맞나? 그는 촌스러운 연두색 티셔츠에 반바지 차림이었다. 현관문을 두드리기 전에 내가 그를 어떻게 상상했었는지 기억나지 않을 만큼 그는 백수 사촌오빠의 아우라를 뿜어냈다. 그는 통통했고 이마는 벗겨졌으며 곱슬곱슬한 턱수염이 매우 편안한 인상이었고 카리스마, 디자이너, 이런 단어가 무색할 정도로 나긋나긋하고 친절했다. 말도 많았다. 나를 보자마자 방 이곳저곳을 쉬지 않고 소개해주었다. 외모에 대한 나의 선입견은 뮤지션으로 끝이 아니었구나. 멋진

아트워크와 디자이너라는 직업만으로도 생김새에 대한 엄청난 환상을 가졌으니 말이다.

처음 보는 남자 방에 다짜고짜 일 없이 들어앉아 있기도 민망해 나는 짐만 두고 다시 부엌으로 나왔다. 식탁 앞에 어색하게 앉아서 물 한 컵을 다 마시고 났더니 이번엔 주춤주춤 차를 내어주어서 얼떨결에 물배를 가득 채우게 됐다. 마르코는 물과 차를 앞에 두고 학창시절 친구들과 만들었던 그림책과 잡지 따위를 보여주며 수다스럽게 얘기를 이어갔다. 그와 비슷한 일을 하는 내가 그도 궁금했던 모양이었다. 마르코는 세계적으로 꽤 유명한 디자인 잡지의 편집디자인을 암스테르담에서 2년간 맡아서 해온 실력자였다. 책장 가득 꽂힌 그의 잡지를 대충 넘겨보기만 했는데도 엄청난 센스의 소유자라는 걸 알 수 있었다. 지금은 그 일을 그만두고 베를린에 살면서 소소한 그래픽디자인을 하고 있으며, 가끔 다큐멘터리를 제작하기도 하는 등 크고 작은 개인 프로젝트를 실행하고 있었다.

"마르코, 그렇게 실력을 검증받을 수 있는 좋은 일을 왜 그만둔 거야?"

"잡지의 내용은 매월 달라져도 디자인의 틀은 크게 바뀌지 않잖아. 2년 동안 그 잡지에 갇혀서 일하느라 너무 지쳤어. 쉬면서 나만의 창의성과 감각을 실현할 수 있는 일을 하고 싶어서 다 정리하고 베를린으로 온 거야."

"그럼 왜 하필 베를린에 살기로 한 거야?"

"네가 베를린에 온 이유와 같지 않을까?"

베를린은 마르코에게도 나에게도 형태에 얽매이지 않은 예술로 넘쳐나는 도시였다. 아니면 그냥 그 자체라고 표현해도 괜찮을 것 같다. 실제로 우리 외에도 수많은 아티스트들이 이런 이유로 베를린을 찾고 있어 해마다 인구가 늘고 집값이 껑충 오르는 추세였다. 눌러앉은 장소가 어디든 컴퓨터 한 대만 있으면 뭐든 하며 먹고살 수 있을 것 같은 마르코였다.

다락방이 있는 집

부엌 옆에 딸린 쪽문을 여니 냉장고와 식료품을 둔 창고 같은 곳이 있었다. 한쪽 벽에는 사다리가 놓여 있었고 사다리를 타고 올라가면 더블 사이즈 매트리스 하나가 딱 맞게 들어가 있는, 방이라고 하기도 뭣한 자투리 공간이 있었다. 꼭대기 층이라 꺾어진 지붕 따라 창문도 비스듬히 뚫려 있는 것이 딱 다락방이었다. 마르코는 이곳을 'CABUF'라 부른다고 했다. 보통은 그곳에서 친구들과 맥주를 마시면서 비디오 게임을 하거나 영화를 본다고 했다. 아니면 담배를 피우거나 잡담을 하거나. 깔린 담요에 남자들의 담배 냄새가 절어 있었다. 나무로 된 쪽 창문 너머로 회색 하늘이 네모지게 보였고 낮게 깔리는 햇빛마저 잘 들지 않아 어두컴컴했다. 마르코는 내가 원하면 이곳에서 자도 괜찮다고 했다. 오, 좋고 말고. 하얀 먼지들과의 3박 4일!

마르코의 방은 다락방과 반대로 참 깔끔했다. 책상 위에 놓인 거라곤 컴퓨터와 스탠드, 시계와 펜 하나가 전부였다. 기대하고 기대하던 디자이너의 방을 설명하는 것들은 그게 다였다. 그는 주로 밤까지 집에서 작업을 한다고 했고 난 오늘만은 늦게까지 좀 놀고 싶었다. 그는 늦어도 괜찮으니 집에 올 때 전화나 하라고 했다.

설렜던 다락방에서 잠자기 도전은 아쉽게도 실패로 돌아갔다. 매트리스 위에 벼룩이 있었는지 간지러워서 도저히 누워 있을 수가 없었다. 그래도 자보겠다고 한참을 뒤척거리며 참다가 결국 내려왔다. 담요와 짐 꾸러미를 끌어안고 조심히 마르코의 방문을 두드렸다. 간지러워서 못 자겠다고 얘기하자 마르코가 한없이 미안한 표정을 짓는 바람에 오히려 내가 미안해졌다. 얼른 도톰한 담요를 꺼내와 침대 옆에 놓인 소파에 깔아주는 마르코는 역시 상냥하고 부드러운 남자였다.

피터의 방은 복층이어서 한방에 같이 있다는 느낌이 그다지 들지 않았지만 마르코의 소파는 비로소 남의 방 한쪽 구석에 얹혀 잔다는 느낌을 확실히 받게 해주었다. 말 그대로 카우치 서핑이었다. 호신용 스프레이는 캐리어 어느 구석에 처박혀 있는지도 모르겠다. 처음 만나는 남녀가 하룻밤을 같은 방에서 보내는데도 방의 공기가 전혀 어색하지 않았다. 마르코는 굿나잇 인사를 하고는 자기 침대 이불 속에 쏙 들어가 어느새 쌔근쌔근 잠이 들었다. 침대와 소파 사이에 낮은 책꽂이 하나를 두고 나도 소파에 눕자마자 잠에 빠져들었다.

누가 화장실 좀 찾아줘요

피터네 밴드의 공연을 보러 가기로 약속한 날이라 나는 크로이츠베르크의 한 공원으로 향했다. 바깥은 뜨끈했다. 내 앞에 흰 머리와 흰 수염을 덥수룩하게 기른 할아버지가 어깨를 추욱 늘어뜨리고 얼굴의 주름까지 죄다 늘어뜨린 채 울상을 하고 걸어간다. 그 뒷모습은 길바닥으로 곧 녹아내릴 것 같다. 딱 그런 날씨였다. 사람 잡고 늘어지는 정오의 날씨 탓에 겨우겨우 걸었다. 달팽이가 따로 없었다. 피터는 밴드에서 기타를, 니코는 키보드를 맡고 있다. 이 꽃미남 친구들을 다시 만난다는 생각에 반가워 입이 귀에 걸렸다. 공원에서 하는 작은 콘서트였다. 내가 도착했을 때 친구들은 악기를 챙기고 스피커를 설치하느라 분주했다. 공연장 근처에 모여 잎담배를 말아 피우고 맥주를 마시며 기다리는 저들처럼 나도 부담 없이 희희낙락 떠들며 장난칠 친구들이 보고 싶었다. 처음 보는 사람들과 잠깐이나마 새로운 이야기를 이어가면서 심심함을 달랬다. 피터의 공연을 보러 온 예전 플랫메이트였던 한 여자애를 우연히 만나 이야기도 하게 되었다. 이름은 기억나지 않는다.

"정말 덥다. 그치?"

"응, 아방. 진짜 미친듯이 덥지? 뭐, 그래도 괜찮아. 우린 작은 호수가 있는 공원에 가서 누워 있으면 돼. 수영도 하고. 시간 날 때마다 가는 것 같아. 그래서 덥다고 느낄 새가 없는 것 같아."

그래도 그렇지. 40도 가까이 기온이 올라 서 있기만 해도 땀이 삐질삐질 흐르는 이 폭염에 어쩜 저렇게 해맑은 표정으로 '우리에겐 호수가 있으니 괜찮아'라고 말할 수 있는 걸까.

"피터, 나는 네가 정말 낮에는 공원에 누워 잠만 자는 아이인 줄 알았는데 약대생이라기에 놀랐었어. 그리고 항상 아침 아홉시도 되기 전에 수업을 들으러 갔잖아. 그걸 보고는 또 공부만 되게 열심히 하는가보다 했는데 이런 밴드 연습은 도대체 언제 한 거야?"

공연이 끝나고 피터에게 인사를 건네자, 보고 싶었던 특유의 장난스러운 표정을 지으며 커다랗게 웃는다.

"그쯤이야! 원하면 누구든지 할 수 있어."

하고 싶은 것을 할 수 있는 방향으로 상황과 시간을 만들어나가는 그가 멋졌다. 피터와 친구들은 또 맥주를 한잔하러 가거나 집에 몰려가서 파티를 하겠지. 오늘은 금요일이니까.

더운 날씨 탓에 물과 맥주를 손에서 놓지 못했고 덕분에 화장실에 가고 싶다는 신호가 조금씩 오기 시작했다. 점점 일이 커져 아랫배에 힘을 주지 않으면 안 될 상황까지 왔다. 아무리 찾아헤매도 화장실이 있을 법한 빌딩은 보이지 않았고 사람들이 꽉꽉 들어찬 근처 레스토랑들은 입구에 발을 들이기조차 부담스러웠다. 화장실 한번 쓰려고 웨이터 눈만 마주쳐도 자칫 세끼 식사 값이 날아갈 것 같은 말도 안 되는 예감으로 그쪽은 쳐다보지도 않았다. 지하도 그 어디에도 공중화장실은 없었고, 마침내 지하도에 있는 맥도날드에 들어가

그리고 사람들은 충가자격과 번지지 였지기

종업원에게 화장실이 어디 있느냐고 물었다. 다급함을 억누르며 최대한 애절한 눈빛으로 물어보았지만 돌아온 대답은 "우린 화장실 없어"였다. 아니, 너희 화장실을 쓰자는 것이 아니잖아. 주위에 유료 화장실이라도 좋으니 좀 알려달라는 건데 너무 인정머리 없는 대답을 듣고 나니 급한 마음까지 더해져 신경질이 났다. 하지만 말을 이어나갈 정신이 없었다.

사실 이렇게 급한 상황은 처음이 아니었다. 화장실을 찾지 못해 길 위에서 발을 동동 구른 적이 이전에도 몇 번 있었다. 급해죽겠는데 대문 열쇠가 맞지 않아 사색이 되어 집 앞에서 큰일 날 뻔했는데 15분 만에 동네 꼬마가 구해준 적도 있고, 겨우 찾은 유료 화장실 바구니에 동전을 있는 대로 꺼내 던지고 뛰어들어간 적도 있었다.

도대체 이 나라 사람들은 맥주를 시도 때도 없이 마시면서 어떻게 된 게 이 넓은 땅에 화장실 하나 없는 거냐고. 얼굴이 벌겋게 달아오른 나는 발에 바퀴를 단 것처럼 씽씽 걸어서 마침내 이름 모를 어느 공원까지 가게 되었다. 물론 가려고 간 것이 아니라 걸음을 멈출 수가 없어 어디로든 가야 했다. 펼쳐진 풀밭이 너무 아득해서 직접 화장실을 찾아나서는 것보다 차라리 풀숲에 몰래 해결하는 편이 빨라 보였다.

마지막 지푸라기라도 잡는 심정으로 나는 아무나 붙잡을 수밖에 없었다. 급한 상황에선 영어도 막 나온다지. 무작정 앞에 있는 아저씨에게 다가가 1초의 망설임도 없이 화장실이 어디 있냐고 물었다. 다행히 아저씨는 그곳의 관리인인 모양이었다. 그는 공원 안 교회의 화장실을 쓰게 해주었고 나는 그제야 혈색이 돌아온 얼굴에 미소를 띠고 걸어나올 수 있었다. 하나님 앞에선 모두가 평등하다. 혹시 이런 말이 있었나? 나는 그 순간만큼은 절실한 기독교신자가 되어 아, 역시 교회는 너그럽다며 감사해했다. 안정을 되찾자 주변 풍경이 눈에 들어왔다. 외국 영화에서나 보던 고대 감옥 같은 건물 지하에서 빙글빙글 돌아가는 좁은 돌계단을 밟고 올라가고 있었다. 어두컴컴했고 등불만 외로이 계단을 비추고 있었다. 와, 정말 오래된 교회의 화장실이었구나.

그나저나 나는 어디까지 걸어온 것일까. 조금 전에 무슨 일이 있었냐는 듯 한결 편안해진 마음으로 넓게 펼쳐진 풀밭을 가로질러 누워 있는 사람들을 구경했다. 원피스의 등 쪽 단추를 모두 풀어헤치고 앉아 책을 읽는 처녀, 자두를 먹으며 벤치에 앉아 있는 할머니, 풀밭 한가운데 상반신을 드러내고 신선처럼 누워 있는 소년. 가만히 둘러보자니 어떤 노랫말도 감성도 다 정지된 듯, 소리는 멈추고 실바람만 흘러가는 금요일 오후였다. 그리고 너그러운 6월의 햇살은 '이리와. 구석구석 골고루 축축했던 네 마음속까지 바싹 말려줄게'라고 속삭였다. 사람들은 오늘도 그렇게 말을 줄인 채, 어둠이 오기 전까지의 공원을 즐길 모양이었다.

보통 사람

피터와 친구들이 전형적인 이십대 초반 베를리너의 푸르고 활기차고 발랄한 모습을 보여주었다면 마르코는 말 그대로 프리랜서 디자이너였다. 하고 싶을 때만 일한다고 했지만 평일이고 주말이고 거의 하루종일 일을 했다. 일이 끝나면 밤 열시쯤 친구들과 나가서 맥주를 마시고 얘기를 나누었다. 사소해 보이는 마르코의 일과가 나의 일과와 무척 비슷했다. 그새 잊고 있었다. 며칠 전까지만 해도 마르코에 대한 엄청난 기대와 상상을 안고 그의 집 현관문을 두드렸었다는 사실을. 하지만 그가 작업하는 방, 아침부터 밤까지의 생활, 먹는 음식, 하는 이야기, 입는 옷은 전부 '보통 사람'과 다르지 않았다. 평범하기 그지없었다. 특히 마르코가 틀어놓은 음악들은 하나같이 내 취향이었다. 평소에 내가 듣는 음악들과 몹시 흡사했다. 너무 시끄럽지도 지루하지도 않았다. 나는 작업할 때든 밥을 먹을 때든 그날의 기분에 따라 음악을 듣는데, 그도 그렇다고 했다. 마르코는 멋진 작업을 하는 디자이너지만 결국은 나와 다르지 않았다. 보통 나와 조금 다른 패턴으로 살아가는 사람을 보면 괜히 멋져 보여 환상을 가지기도 하는데 사실 그의 생활에 나의 환상 같은 것은 없었다. 내가 멋지다 하며 부러워하는 그들이 나와 다르지 않듯 나도 그들과 다르지 않은 거겠지? 너무너무 평범하다고 여기는 내 자신도 누군가에겐 특별한 존재로 다가갈 수도 있단 말이겠지. 우리는 모두가 평범하지만 동시에 특별한 사람일 수 있었다.

마르코는 내게 퍼스트에이드키트의 〈Jagadamba, You Might〉
라는 곡과 코코로지의 〈Lemonade〉라는 곡을 소개해주었다. 그 밖
에도 유럽의 몇몇 뮤지션에 대해 알려주었고 나는 답례로 내가 좋아
하는 영화들을 알려주었다. 내가 좋아하는 것들을 주고 좋아하는 것
들을 얻으면서 형성된 관계는 고맙고도 행복했다. 음악과 영화 따위
를 공유하는 도중에 이야기가 생기고 서로의 생각을 나눌 수도 있었
다. 그저 듣는 음악이 비슷할 뿐인데도 서로 많은 이야기를 이어나갈
수 있는 것이 참 좋았다. 어느새 마르코는 우러러보던 디자이너가 아
니라 그냥 나를 재워주는 이탈리안 친구가 되어 있었다.

마르코는 끊임없이 보여주었다. 내가 궁금해하는 아트스쿨 사
이트를 찾아주다가 갑자기 손바닥만한 상자 두 개를 꺼내왔다. 거기
엔 예전에 친구들과 만들었다는 스탬프와 버튼 등 잡다한 것들이 들
어 있었다. 예뻐서 눈을 반짝이자 다음주 중 시간이 될 때 버튼을
만들러 오란다. 이런 우연이! 나도 내 그림으로 버튼을 만들고 싶었
지만 버튼프레스 기계가 생각보다 비싸서 포기했었다. 그래서 이런
마르코의 호의가 굉장히 기뻤다. 낯선 곳에서 또하나의 약속이 생기
고 나니 이 도시에 좀더 스며든 기분이 들었다. 마치 우리 동네처럼.

하루는 마르코가 나의 가이드를 자청해 함께 점심을 먹고 크로
이츠베르크 지구를 둘러보기로 했다. 베를린의 이런 동네들은 어떤
명소를 콕콕 집어서 구경하는 것이 아니라 골목골목의 분위기와 정
취를 느끼는 것이 훨씬 좋았다. 그런 점에서 카우치 서핑을 하길 잘

했다는 생각을 새삼 또 했다. 체크인과 체크아웃을 해야 하는 시간마저 없는 집, 그리고 그 집의 친절한 호스트를 만난 덕에 함께 걸으며 구경다닐 수 있는 아름다운 기회였다. 마르코와 나는 직업과 취향도 비슷하니 그가 어디로 데려가주어도 충분히 만족할 것 같았다. 게다가 크로이츠베르크는 예술가들이 많이 사는 곳이어서 이것저것 꽤 볼거리가 많다고 했다.

우리는 먼저 메인 거리인 코트부서 토어 근처를 돌아다녔다. 갤러리에서 산발적으로 이루어지는 작은 전시들과 아기자기하고 이국적인 소품을 파는 숍들을 구경했다. 그리고 가고 싶어서 수첩에 적어놓고 기회만 엿보던 그 유명한 퀸스틀러하우스 베타니엔에도 갔다. 베타니엔은 성에 있었다. 혼자 찾아갔더라면 나 같은 준비성 없는 길치는 땡볕 아래서 헤매기만 하다가 집으로 돌아갔을지도 모르게 생긴 곳이었다. 베타니엔의 스튜디오와 작은 전시들을 찬찬히 둘러보았다. 굉장히 실험적인 젊은 아티스트 집단이라고 했다. 그들만의 철학이 있는 심오한 현대미술 작업은 나에게 어렵게 다가왔다. 정작 궁금했던 스튜디오는 훑어보다시피 곁눈질로 후루룩 구경하고 빠져나와 복도를 거닐었다. 성 안에선 오래된 나무 냄새와 종이 냄새가 그윽하게 맴돌았다. 내부의 벽은 베를린의 흔한 거리와 마찬가지로 언뜻 지저분해 보였다. 스티커나 낙서들로 어지럽게 도배가 되어 있어 깨끗한 벽을 찾기 힘들 정도였다. 덕지덕지 붙은 스티커 사이로 보이는 창밖 풍경은 아무래도 좋다는 듯 넓고 싱싱한 초록색이었다. 외벽은 오래된 성벽인데 이런 웅장하고 멋진 건물 안에 세속적인 메시지로 가득한 이미지와 글귀들이 남발해 있는 모습은 꽤나 이색적이었다. 벽에 다닥다닥 붙은 채 무거운 말들을 가볍고 우스꽝스럽게 내뱉는 스티커들은 '나는 진지하지만 심각하지 않다'같은 모순처럼, 이 큰 성을 비웃는 것 같기도 했다. 어떤 이는 몹시 어울리지 않는다며 테러 그래피티라고 말하기도 했지만 난 이런 것조차 베를린에서만 볼 수 있는 예술의 하나라고 생각했다. 오히려 완벽하고 고상해 보이기만 한 작품보다 '여기가 어디든 내 할말 다 하겠다'라며 덤비는 이 컬러풀하고 작은 것들이 아트 베를린을 설명하기에 더 알맞은 것 같기도 하다.

여기가 소소한 예술의 동네 크로이츠베르크여서 그런가. 유난히 파란 하늘에 새틸 같은 구름조차도 예술적으로 흘러가는 듯했다.

친구가 필요해

아침에 눈을 뜰 때면 베를린이 꼭 선물 보따리를 메고 와 '하루'를 주섬주섬 꺼내어 나에게 선물하는 것 같다. 나는 늘 잠에서 깨 마루에 나가 앉았을 때, 안개가 두리뭉술한 풍경과 생소하고 찹찹한 새벽 공기가 있는 곳을 만나고 싶었다. 그날의 베를린이 그랬다. 바깥이 유난히도 푸르스름했다.

마르코는 토요일과 일요일에는 풋볼을 한다면서 평소 같지 않게 부지런히 옷을 챙겨 입고 공원으로 나갔다. 난 잠에서 깨어 반사

적으로 시계를 보던 생활에서 벗어나 잠깐 멍하니 아침을 즐길 수 있게 되었다. 그런 의미에서 여행을 통해 어떤 방식으로든 최소한 하나는 얻는 것이 있다. 하다못해 이번 여행은 진짜 별로라는 실망감일지라도 말이다. 자, 오늘 판도라의 상자에선 무엇이 나오려나. 나의 베를린은 또 어떤 날을 나에게 선물해줄까.

오더베르거 거리. 이 거리에는 레스토랑과 카페가 줄지어 있다. 가게마다 사람이 넘실거렸다. 구름이 걷히면서 새파란 하늘이 드러나자 사람들도 덩달아 반짝였다. 그중 와플로 유명한 카페 카우프 디히 글리클리히에 가보기로 했다. 그간 먹는 것에는 별로 돈을 들이지 않았는데 일요일이니(평소에도 요일 개념이 없이 살고는 있지만) 사치를 좀 부려볼까.

갖가지 잡동사니까지 벽에 걸어놓고 판매하는 이 카페는 와플과 크레페 아이스크림 등이 주 메뉴였다. 나들이 나온 기분을 누리기 위해 아이스라테마키아토와 딸기와플을 주문했다. 실내가 참 예뻤다. 조그맣고 예스러운 상판들이 있었고 시간을 돌고 돌아 이곳까지 온 낡은 가죽의자들이 옹기종기 모여 수다 모임을 하는 듯한 카페였다. 나도 아이스라테마키아토와 딸기와플을 먹으면서 낮 시간을 한참 즐기고 있는데 점원이 아이스라테마키아토 한 잔을 더 갖다주는 게 아닌가. 이미 먹고 있으니 주문이 잘못된 것 같다고 얘기했다. 한국 카페 같으면 그러냐며 다시 가져갈 것이 분명한데 이곳 점원은 한쪽 어깨를 으쓱, 한쪽 입꼬리를 쓰윽 올리며 웃는다.

"넌 행운이네! 한 잔 가격에 두 잔을 얻었잖아."

응? 이게 행운인가. 그 말에 도리어 쓸쓸해졌다. 난 한 잔으로 충분한데, 기다란 컵에 인정 넘치게 꼭꼭 채워준 라테 한 잔도 나에겐 많은 양인데, 지금 내 앞엔 똑같은 게 두 개나 있다. 게다가 딸기가 사랑스럽게 올라간 두툼한 와플까지. 누가 보면 내가 친구와 왔다고 생각하겠다. 많은 양의 음식을 앞에 두고 왠지 민망해진 나는, 얼음이 녹아 점점 불어나는 라테 한 잔을 슬쩍 맞은편에 밀어두었다. 주말이라 친구들과, 가족과, 연인과 나들이 나온 사람들이 대부분이었고 홀로 앉아 있는 사람은 나뿐이었다. 그동안 혼자 다니면서 외롭다거나 누군가와 함께 있으면 좋겠다고 생각한 적 없었는데 오늘만은 친구와 예쁜 날씨와 예쁜 풍경에 대해 떠들고 싶기도 하고 상쾌한 기분을 못 이기고 나오는 헛소리를 퍼붓고 싶기도 했다. 소파에 몸을 처억 걸치고 별것 아닌 농담에도 아무렇게나 웃고 싶었다. 혼자는 여럿 있을 때보다 백배 편하긴 하지만 단 하나, 걸어다니면서 딱히 웃을 일도, 길거리 공연을 보면서 음악에 취해 눈을 감고 춤출 배짱도 없어진다는 아쉬움이 있었다.

줄어들 리 없는 맞은편의 아이스라테마키아토. 같이 먹을 사람이 있다면 그게 진짜 행운일 텐데.

지도에 있는 샤를로텐부르크에 가보기로 결정했다. 갑작스런 결정 때문에 구글 맵스로 미리 찾아놓지 못했고 자세한 지도도 갖고 있지 않아 무작정 지하철을 타고 샤를로텐부르크 역에 내렸다. 뭘 믿고? 무작정, 무계획, 무대뽀. 이렇게 쓰리무 정신이 내 스타일 아닌가. 그래서 항상 시작은 당차지만 과정은 뼈저리다. 내린 후 표지판을 보며 한 시간을 더 걸었다. 역시 준비성이 떨어지면 몸이 고생한다니까. 무거운 다리를 질질 끌며 샤를로텐부르크 성 앞뜰에 도착하자마자 나무 그늘 아래 벌러덩 누워버렸다. 성 따위는 돌아보고 싶지 않았다. 말이 앞뜰이지 드넓은 공원을 지나야 겨우 성 입구가 보일 테니까. 풀밭에 가만히 누워 코에 바람 좀 넣고 나니 기분이 한결 부드러워졌다. 가슬가슬한 토끼풀의 촉감을 따라 늦은 햇빛이 고개를 들이밀었다. 누가 휘파람을 이리도 가늘게 부는지 낮이 다 간지러웠다. 다리를 곱게 펴고 누워 있자니 맴돌던 생각들도 휘파람을 타고 휘익 날아갔다. 머리가 가벼워지니 눈이 감겼다.

나의 산타 베를린은 이런 식으로 함께여서 즐거움을 깨닫게 해주는구나. 오늘 판도라의 상자에서 마지막으로 나온 것은 내가 보고 싶어하는 사람들을 돌아가면 볼 수 있다는 안도감이었다.

MARGO.U

DOMESTIC UT

Kreuzberg

자로 잰 듯 차가운 디자이너의 이미지?

ABANG

썸머 라덴

S반 오라이언부르거 거리 역부터 U2반 로사룩셈브르크 광장 역까지 하루종일 걸어다니다보면 우연히 발견할 수 있는 빈티지숍. 햇살을 등진 나무 그늘이 너무 산뜻하게 드리워져 있기에 아래를 내려다보았더니 무릎 아래로 작은 창문이 하나 있었다. 살짝만 들여다보아도 들어가고 싶은 마음이 마구 샘솟는 창문이다. 계단을 내려가자 반지하의 아담한 내부에 그 햇살이 들어오고 있었다. 하얀 벽과 초록색 식물, 오래된 타자기와 싱그러운 패턴의 옷감들이 진열된 모습마저 독특하고 고급스럽다.

Sommer Laden
Linienstraße 153, 10115 Berlin

드라이쯔바이 베를린

역시 우연히 눈에 띈 옷 가게 드라이쯔바이 베를린. 하커쉐르마르크트 역 근처에서 발품을 팔다보면 모래 속에서 진주를 찾는 것마냥 즐거운 일이 많다. 층고가 높고 여러 층으로 되어 있는데다 워낙 깔끔해 보여 쉽사리 들어가기가 어려웠다. 하지만 천장에 주렁주렁 걸린 실크스크린 가방과 쿠션들을 보니 밖에서 보고만 있을 수 없었다. 여주인은 나의 관심을 눈치챘는지 가게 안 구석진 곳에 마련된 실크스크린 작업실에 데려가 직접 작업하는 모습을 보여주기도 했다. 동물을 모티브로 한 실크스크린 제품을 직접 만들어 파는 것이다. 살짝 들춰본 티셔츠는 꽤나 비쌌던 것으로 기억한다.

Dreizwel berlin
Tucholskystraße 26, 10117 Berlin

스타스타일링 베를린

디자이너 패션숍. 메탈릭한 내부는 깔끔하기 그지없다. 들어가자마자 펼쳐지는 형형색색 네온컬러의 액세서리와 패션 소품들에 마음을 빼앗겼다. 옷뿐 아니라 패션을 테마로 한 사진과 드로잉도 엿볼 수 있다. 다른 곳에서는 찾아보기 힘든 스타스타일링만의 수공예 목걸이를 사고 싶었지만 감히 탐낼 수 없는 가격 때문에 조용히 구경하는 것으로 만족해야 했다.

Starstyling Berlin
Mulackstraße 4, 10119 Berlin

N G B K

파인아트를 사랑하는 구성원에 의해 만들어진 단체로 매년 새롭고 실험적인 전시와 프로젝트들을 선보인다. 마르코가 데려가준 NGBK 전시장에서 그들의 존재를 처음 알게 되었다. 내가 갔을 때는 〈도메스틱 유토피아〉라는 주제로 다양한 형태의 전시가 진행되고 있었다.

Neue Gesellschaft fur Bildende Kunst e.V.
Oranienstraße 25, 10999 Berlin

카페 카우프 디히 글리클리히

아이스라테마키아토 두 잔과 딸기와플을 혼자서 먹었던 그 카페. 마우어파크 벼룩시장 근처에 있다. '행복하게 구매하세요'라는 뜻이란다. 누군가의 집처럼 안락하게 꾸며져 있어 친근하고 편안하다. 벼룩시장 옆에 있는 카페라 더욱. 벽에는 손바닥보다 작은 장난감 자동차에서부터 할머니가 썼을 법한 램프와 고풍스러운 장식용 접시까지 별의별 잡스러운 중고품이 볼거리를 제공해준다. 그곳에 있는 물건들은 모두 판매하는 것들이다. 이곳의 아이스크림 와플이 특히 유명한데, 세상에나! 종류가 엄청나게 많아서 주문할 때 한참을 살폈다. 다양한 질감과 복고풍 무늬를 가진 소파에 푹 파묻혀 생크림 묻은 딸기와플을 먹으면서 사람 구경하는 재미가 쏠쏠하다.

Cafe Kauf Dich Glucklich
Oderberger Straße 44, 10435 Berlin

JOE / 착하지만 불편한 당신

꼭 맞는 옷만 있을 순 없다

까진 건지 원래
넓은 건지
한쪽을 채우고 있던
붉은 벽과 동양적인
조형물들이 조의 취향을
설명해주었다
가끔씩 나를 찍었던 조의 카메라
CANON
회색 수염과
회색 긴 머리가
마치 산신령
같았지
JOE

마법의 성

버튼을 만들러 다시 오겠다는 약속으로 인사를 대신하고 마르코 집을 나왔다. 카우치를 빌린 집마다 떠나기가 싫어 마지막날만 되면 발걸음을 떼는 게 마치 철근 한 덩어리를 발목에 달고 있는 것처럼 무거웠다. 하지만 역시 다른 집에 도착하는 순간, 아쉬운 마음은 간 데 없고 여기 오기를 잘했다며 감탄했다. 그런데 이번만큼은 좀 달랐다.

조는 마흔일곱 살의 사진작가이고 혼자 산다고 한다. 이 몇 가지 사실만으로도 꺼려진 게 사실이었다. 그전까진 전부 플랫에서 친구들과 함께 사는 집이라 그나마 걱정되는 부분이 적었지만 이번엔 다를 테니 말이다. 게다가 조는 프로필을 보고 내가 먼저 메일을 보낸 게 아니고 그가 먼저 나에게 메시지를 보내온 것이었다. 베를린에 오면 자기 집에서 재워줄 수 있으니 시간이 맞으면 오라고. 잘 곳이 급했던 때라 난 깊이 생각하지 않고 그러겠다고 했다. 사실 거절해도 전혀 미안할 것이 없는 상황이었는데 그때는 왠지 거절 메일을 쓰는 것이 미안했다. 결국 조의 집엔 내가 확실히 거절 의사를 밝히지 않은 탓에 어쩔 수 없이 가게 된 것이나 마찬가지였다. 그래서 그런지 더욱 내키지 않았다. 마흔일곱인데 혼자 사는 사진작가라. 상상이 잘 가지 않았다. 나는 집 앞까지 가서도 벨을 누르지 못하고 고민했다. 이미 거쳐간 친구들에게 연락해도 되니 잘 곳은 많았다. 하지만 기왕 이렇게 된 것, 조도 좋은 사람일거라며, 여러 사람 집에서 다양한 집을 구경하는 것이 좋을 거라며, 마음을 다독였다.

　　문을 열어주는 조의 얼굴은 내가 보았던 사진과 똑같았지만 어쩨 더 할아버지 같았다. 마흔일곱밖에 안 됐는데도 회색 머리가 어깨 너머로 내려오고 회색 수염이 덥수룩해 무슨 산에 사는 산신령을 방불케 했다. 몸매가 드러나는 반소매 티셔츠와 부츠컷 팬츠에 앞코가 세련되게 잘 빠진 구두를 신고 있는 그는 딱 혼자 사는 예술가 같았다. 그리고 가장 중요한 건 집. 조의 집은 작은 원룸이었다. 맙소사. 물론 혼자 사니까 원룸이면 충분하겠지. 그렇지만 어디에 있어도 머리카락 다 보이는 작은 원룸. 그럼 나는……. 카우치 서핑 사이트에서 서퍼들의 집을 세세하게 확인하지 못한다는 것은 감안했지만 이런 경우가 닥치니 참 난감했다. 그의 집, 아니 그의 방은 전체적으로 붉은 톤이었고 아시아 스타일의 원시적인 조각상들로 장식되어 있으며 묘한 냄새가 진동했다. 찐득하고 달콤한 과일 향과 담배 냄새가 뒤섞인 알 수 없는 냄새는 나를 더욱 경직되게 했다. 오기 전부터 마음이 불편했는데 오묘한 방의 분위기는 불편함과 긴장감을 더 고조시켰고, 조는 짐을 풀지도 못하고 소파에 빳빳하게 앉아 있는 나를 뚫어져라 쳐다보았다. 내가 신기하게 생겼나. 눈알만 굴리고 있으려니 조가 먼저 이것저것 물어보았다. 베를린에 와서 무엇을 했느냐, 남은 날 동안은 무엇을 할 생각이냐. 나는 집을 빌려주는 이에 대한 예의로 성심 성의껏 대답했다. 편안하고 유쾌한 사람 같았다. 하지만 여전히 이상한 불편함은 가시지 않았다. 좋은 사람인 건 분명했지만 불편한 건 어쩔 수 없었다. 무엇 때문인지는 모르겠지만 서로 처음 보는 사이임에도 나와 잘 맞고 안 맞고, 요러한 감이 대충 오는 것은 모두가 알

것이다. 딱 그런 느낌이었다. 내 입술은 웃었지만 눈알은 삐걱거렸다. 칸막이조차 없어서 내가 조금만 움직여도 뭘 하려나 하고 조가 쳐다보는 탓에 신경쓰여죽을 맛이었다. 일단은 이곳에서 나가야지 싶었다. 피곤함에 잠이 몰려왔지만 밖에서 자는 게 더 편할 것 같았다.

조에게는 친구를 만난다는 거짓말을 하고, 가까운 공원으로 향했다. 더군다나 날씨도 딱 좋고. 역시 공원에는 나들이 나온 가족들이 많았고 나도 바나나와 물을 사서 양손에 들고 초록 판타지 세상으로 들어갔다. 풀밭 위로 쏟아지는 빛은 아까와는 정말 딴 세계에 온 것 같은 기분을 만들어주었다. 베를린은 대단한 정글 도시다. 조는 잠시 잊기로 하고 비키니를 입은 할머니 옆에 누워 잠을 청했다.

열시가 조금 넘어서 어기적거리며 집으로 들어갔다. 조는 아까와 같은 차림으로 컴퓨터를 하고 있었다. 시계추가 똑딱똑딱. 방도 나오기 전에 본 그대로였다. 냄새 역시. 반나절 동안 변한 것은 아무것도 없었다. 그는 렌즈가 커다랗고 시커먼 카메라로 가끔 나를 찍었다. 나도 생소함과 낯섦이란 핑계를 대며 내가 묵은 집과 집주인 친구들의 얼굴을 맘대로 찍었었기에, 한국에서 온 손님이 그에게 얼마나 흥미로운 피사체일지 안다. 게다가 사진작가니까 더욱 이해해주어야 할 것 같아 그가 갑자기 카메라를 꺼내들어도 신경쓰이지 않는 척했다. 그래, 아무리 애를 써도 '척'이었다. 사진이고 뭐고 이만 누워서 쉬고 싶단 말이야. 내 불편함을 알 리 없는 조는 다른 이들과 마찬가지로 음악을 틀어주었다. 집집마다 듣는 음악이 그 집의 분위기와 그의 취향을 설명해주는 것 같아 그 또한 재미있는 상황 중 하나인데 조가 틀어준 음악은 아주 유명한 가수가 오케스트라를 동원해서 열었던 콘서트 라이브 앨범이었다. 스케일이 크고 웅장한 음악이었다. 한 곡이 끝나자 박수갈채가 온 방 안에 쏟아졌다. 나도 일어나서 거들어야 할 것 같은 거대한 박수 소리였다. 조는 흐뭇한 미소를 지으며 음악이 맘에 드는지 물었고 나는 고개를 심하게 끄덕거리는 것으로 대답을 대신했다. 소파에 앉아 어색하게 바빠죽겠는 척을 하며 수첩을 들여다보고 있는데 조가 갑자기 옷을 꺼내 입었다. 홍콩 여자애가 한 명 더 오기로 했단다. 그나마 다행이었다. 나 말고 다른 여자애가 한 명 더 있으면 한결 맘이 편할 것 같았다. 나는 밝아진 목소리로 잘 다녀오라고 하고 얼른 이불 속으로 기어들어갔다. 여행중 처음으로 긴바지를 꺼내 입었다. 이불을 발끝에서 턱 아래까지 덮은 채 그가 언제쯤 올지를 생각하느라고 잠들지 못했다. 두 시간쯤 지나 조가 돌아왔다. 혼자였다. 홍콩 여자애와 연락이 끊겼고 기차역과 버스정류장에도 가봤지만 찾을 수 없었다고 했다. 씩씩거리면서 다시 컴퓨터 앞에 앉더니 "여긴 호텔도 아니고 호스텔도 아니야"라고 중얼거렸다. 부끄럽기도 하고 뜨끔하기도 했다. 머리털이 쭈뼛 서는 느낌이었다. 나 역시 그와의 아무런 대화나 교감도 하지 않고 그저 하룻밤 잘 곳만 때울 생각으로 간 것이었으니까. 내일 아침이 되어서도 얼른 집을 빠져나갈 궁리만 하고 있었으니까. 나는 애써 그를 위로하고 진정시켰다. 사태가 더 심각해졌다. 눈꺼풀은 무거운데 예민하고 여린 조 때문에 두 발 뻗고 편히 잠들긴 글렀다.

맞지 않는 옷

달콤한 향초는 여전히 달콤한 담배 냄새와 섞여 밤새 강렬한 향을 내뿜었고 끝까지 내 마음을 녹이지 못했다. 그 정도면 코가 적응할 만도 한데. 창문도 꽉 닫힌 방의 갑갑한 공기 때문에 온몸에 땀이 뻘뻘 났지만 뒤척이지 않으려고 꾸욱 참았다. 물론 잠은 한숨도 못 잤다. 혹시라도 조가 깰까봐 미라처럼 누워 꿈쩍도 하지 않았다. 2미터쯤 떨어진 침대에서 곤히 자는 조는 별별 잡스러운 소리를 다 냈다. 드르렁 쿠우우, 하고 만화 캐릭터처럼 코를 골기도 하고 가끔은 끙끙 앓는 소리를 내기도 하며 자주 뒤척였다. 나의 모든 감각이 예민해졌고 몸만 누워 있지 말짱한 정신으로 별의별 생각을 다했다. 그 와중에도 잠을 자고 싶어 양을 몇 마리나 세었는지 모르겠다.

새벽 내내 기다리던 해가 완전히 떠올랐고 나는 어제 자리잡은 모습 그대로 누에고치처럼 누워 있었다. 자는 척을 하고 있으니 조가 먼저 일어나 베란다로 나가 담배를 피웠다. 나는 조금이라도 눈을 덜 마주치고 싶어, 그사이에 재빨리 욕실로 가 세수를 하고 옷을 갈아 입었다. 그리고 나오면서 한껏 밝은 표정으로 아침 인사를 건넸다.

"모─ 엔─ 조─"

조는 정말 순수하게 웃는 얼굴로 인사를 받아주며 아침을 만들어주었다. 친절한 사람이었다. 게다가 베를린에서 식사 전에 테이블을 닦아주는 사람은 처음 보았다. 조네 집은 참 깔끔했다. 다른 집은 깨끗한 편이라 해도 신발을 신고 돌아다녀 바닥은 먼지투성이였는데. 욕실엔 여자 네 명이 사는 것만큼의 목욕 용품이 있었다. 난 그 대목에서 조가 혹시 동성애자는 아닐까도 생각해보았지만 그런 걸 눈치채는 것엔 영 둔해서 물어보지 않고는 알 도리가 없었다. 사실 게이든 게이가 아니든 별로 신경쓰고 싶지 않아서 생각을 하다 말았다.

그가 차려준 아침식사는 정말이지 화려했다. 베이컨과 치즈, 가지 요리, 삶은 계란, 토마토 브루스케타, 빵과 요거트, 몇 가지의 잼이 각각의 접시 위에 예쁘고 가지런히 차려져 있었다. 평소에도 이렇게 차려 먹고 사는 거야? 혼자 먹기엔 너무 많은 양이라 조에게 눈짓을 보냈더니, 자기는 원래 아침을 안 먹는다고 손사래까지 쳤다. 그러면 좀 저쪽으로 가 있지, 극구 맞은편에 앉아서 내가 먹는 모습을 지켜보는 건 또 뭐람. 이 불편한 상황에서 더 안타까운 건 음식이 너무 맛있다는 것이었다. 특히 가지 요리는 최고였다. 원래도 가지라면 환장하는 나는 숟가락으로 싹싹 퍼먹고 싶은 마음이 굴뚝 같았지만 코앞에서 눈 두 개가 나를 뚫어져라 쳐다보는 바람에 음식을 씹는 건지 숟가락을 씹는 건지 모르도록 목구멍으로 꿀떡꿀떡 삼키기에 바빴다. 그저 빨리 일어나고 싶었다. 게걸스럽게 먹는 편인 나는 답지 않게 조심조심 먹다가 투박한 바게트가 목에 걸리는 줄 알았다. 조는 아무래도 내가 신기한 모양인지 무슨 말이라도 걸고 싶은데, 영어가 빨리빨리 나오지 않아 망설이는 눈치였다. 나는 눈치를 챘지만 대화를 계속 이어나가고 싶지 않은 마음에 딴청을 부렸다. 한참 망설이던 그는 나에게 그림을 가르쳐달라고 했다. 예전에 카우치 서핑을 했던 호주 사람은 자기에게 영어를 가르쳐주었다며. 나는 그림은 가르치는 것이 아니라 말하며 돌려서 거절했다. 그래도 넌 잘 그리지 않느냐며 그는 세 번씩이나 부탁했지만 못된 나는 끝까지 너도 이미 잘 그린다며 세 번이나 고개를 저었다. 결국 미안하게도 그는 내가 먹는 모습을 한참, 가만히, 구경만 했다. 다 먹고 나니 나에게 집 열쇠를 내밀었다. 역시 편하게 다니라는 의미인 것 같았지만 난 여기서 더는 잘 생각이 절대 없었다. 당황한 내가 오늘은 다른 곳에 가기로 되어 있다고 얘기하니 조의 표정이 그렇게 안타까워질 수가 없었다. 실망한 표정이 역력했다. 빨리 떠나서 미안하지만 어쩌겠어. 조는 내가 당장 떠나겠다고 하니 이집트에서 샀다는 차를 팩에 담아 선물이라며 건넸다. 아아, 이렇게 맘씨 좋은 아저씨인데 어찌 이리도 불편할까. 나 혼자 불편하게 생각한 것 같아 미안하기도 하고 세심하게 챙겨주는 것들이 고마워서 답례로 그림엽서 몇 장을 주었다. 엽서를 받아든 조는 아이처럼 좋아했다. 그의 얼굴이 천사 같아 보인 것도 잠시, 후다닥 짐을 챙겨 현관을 나서는 순간 그대로 날아갈 것 같았다. 그야말로 마법의 성에서 하루 만에 탈출하는 데 성공한 기분이었다.

베를린 여행 30일 중 유일하게 잠 못 이루었던 하루. 살아가면서 착하든 나쁘든 마음에 쏙 드는 사람만 만날 수는 없겠지. 피하지도 못하고 어떻게든 부딪쳐야 할 때가 있는 것처럼 고작 한 달 여행 중에도 이런 일이 생기는 것이 흥미로웠다. 어찌보면 새로 산 옷을

팔에 한번 끼워보고는 작은 것 같다며 곧장 내버리듯이 조의 집에서
나왔다. 이쯤 되니 고정관념 따위에 얽매여 있지 않는 쿨한 여성인
줄 알았던 나는 오히려 고정관념을 통해 바라보는 대상이 남이 아니
고 내 자신이 아닐까 하는 생각이 들었다. 조뿐이 아니었다. 나는 상
대에 따라 수없이 다양하게 가면을 바꿔가며 사는 주제에 타인은 딱
봐도 알겠다며 한번에 단정지었던 것이 우습고 부끄러웠다. 그런데도
또 나는 조와의 시간이 짧아서 그런 거라며 누가 듣지도 않는데 열심
히 변명하고 있다. 실은 길게 알아가고 싶지도 않았으면서.

잠시 쳇바퀴를 멈추고

지금 이 순간, 이 여행을 위해 난 몇백 시간 동안 머리를 부여잡았으
며 몇백 끼의 갈팡질팡을 씹고 또 씹었나. 어디론가 떠나고 싶은, 또
는 어딘가에 가만히 머물고 싶은 마음이 다 말라 쪼글쪼글해질 때까
지 어쩌질 못하고 그저 곱씹기만 했었다. 비로소 베를린을 여행하겠
다는 결심이 섰을 때는 그곳에서 매일같이 그림만 그리겠다는 대찬
각오와 설렘으로 52색 크레파스와 아끼는 드로잉북을 보물마냥 캐리
어 안쪽에 챙겨넣었다. 드디어 드로잉 여행을 떠난다며, 드디어 나만
의 온전한 그림여행을 떠난다며 말이다. 그런데 그런 꿈의 베를린에
와서 정작 한 장의 드로잉도 하지 않았다. 의외였다. 매일 앉으나 서
나 눈앞에 보이는 생경한 풍경들을 종이에 가득 담아 돌아가겠노라

큰소리 뻥뻥 치며 손꼽아 기다려온 여행인데. 묵직하게 발걸음만 붙잡고 늘어지는 게 미워 엄한 캐리어에다 괜히 툴툴거렸다.

며칠 전, 정아 언니를 만났을 때 언니에게 여기서 공부를 하는 것이 재밌느냐, 왜 하느냐 따위에 대해 물었다.

"목표가 있으니까 외국에서 공부하고 있는 거지. 결국 한국에 돌아가서 살 거라면 그후의 목표가 확실해야 할 것 같아. 안 그러면 괜히 그냥 시간과 돈을 낭비하는 꼴이 될 테니까."

"언니의 목표는 뭐예요?"

"나? 사진작가가 되는 거지."

내 목표는 뭘까. 생각해보니 내게 목표라는 것은 너무 많고 광범위하고 높다. 이제껏 그 목표라는 것에 대해 섬세히 생각해보고 내 마음에 대입시켜본 적이 별로 없었던 것 같다. 못 이뤘을 때에 들인 시간과 돈에 대해 계산하느라 고민의 구덩이를 더 깊이 파고 들어가는 것이 무섭고 귀찮았다. 그래서 나는 서울에 있을 때 유학이든 여행이든 미룬 게 많았다. 미룬 게 아니라 모른 척했다고 해야 맞으려나. 그저 눈앞에 보이고 내가 잡기 쉬운 것만 움켜쥐고 좋아라했고, 지금 하고 있는 일들은 언제 다 처리해야 하는지, 다녀오면 내 나이가 몇 살이며 등등을 걱정하는 데 바빴다. 그러니 자연히 맘 한쪽에서 피어난 외국 생활에 대한 동경을 그냥 그렇게 억눌러두었고 때론 남 일 보듯 심드렁히 대했다.

되돌아보니 회사생활만 쳇바퀴가 아니었다. 퇴사를 하고도 나

이와 경력, 그리고 다른 이들과 나를 비교해가면서 스스로 쳇바퀴를 만들고 또 내 발로 그 안에 들어가 죽어라 달리고 있었다. 그러다가 더이상은 도저히 못 버티겠다, 할 때쯤 매일같이 구르던 조그만 쳇바퀴를 멈추었다. 온 두뇌를 쪼이며 집중해야 했던 '일상 패턴'이란 것이 한순간 휘발되면서 그 자리에 '생각'이라는 것이 비집고 들어왔다. 평소에는 귀찮다는 핑계로 일부러 외면했던 질문들이 꼬리에 꼬리를 물고 이어졌다.

　자, 먼저 난 서울에서 일을 위한 그림을 그려왔으니 여기선 나만의 그림을 그리고 싶었어. 그래서 30일을 툭 잘라 여기에 온 거잖아. 이 30일은 누군가에겐 짧을지 몰라도 나에겐 굉장히 소중하고도 나름 많은 일을 해낼 수 있는 긴 시간이야. 그런데 난 그렇게 기다려왔던 30일 중 보름이 지나도록 낙서 한 장도 하지 않은 거지. 무엇을 하느라? 카페에 앉아 자유로이 쉴 때에도, 공원에 누워 뛰노는 사람들을 구경할 때에도 내 손은 하릴없이 무릎 위에 포개져 있었지. 그림 그릴 시간이 필요했다는 건 그냥 여행을 가기 위한 핑계에 불과했던 걸까. 좋아하는 그림도 그리지 않았는데 이 여행이 즐거운 까닭은 무엇일까.

　이곳에서 몇 안 되지만 친구들을 만났고 애초에 내가 여행에서 원했던 것은 소통이었다는 게 뚜렷해졌다. 나와 다르게 또는 비슷하게 살아가는 또래들을 만나 이야기하면서 그들의 다양한 생각들을 얻고 제각각의 삶의 방식을 이해하는 것 말이다. 실제로 새로 사귄 베를린의 친구들을 보며 감탄했고 어떨 때는 뒤통수를 얻어맞은 듯 얼떨떨하기도 했다. 예전의 상념들은 더이상 내게 중요한 문제가 아니었다.

부산이 좁아서 서울로 왔고, 몇 년 살다보니 서울도 좁았다. 세상 역시 그리 넓은 것이 아닐 것이라는 생각이 슬쩍 들었다. 그래서 비행기를 탔고 그 순간부터 세계 어디서나 좋아하는 작업을 하면서 '잘 머물며 잘 어울려' 살아가는 것이 나의 목표라면 목표가 되었다. 언제가 될지 모르겠으나 서울로 돌아간 후 다시 그 터전이 지겨워지면 아일랜드든 스페인이든 드로잉북 하나 들고 휙 날아가 잠시간의 생활자가 되어 머무르다 오는 것. 이처럼 예전에 가졌던 외국 생활에 대한 동경이 이제는 동경을 넘어 실현 가능한 나의 미래가 된 것이다.

그냥 그걸 하면 된다. 발길이 주춤거리거나 갈림길에서 자신감을 잃으면 이렇게 되뇐다. 말리지 마. 겁내지 마. 줄어들지 마. 포기하지 마. 해보고 안 되면 돌아가면 돼. 그러니 안 되는 것은 없어. 한번 내딛으면 한번 크는 거야.

베를린을 아름답게 하는 것

외로움과 즐거움의 중간 어디쯤의 애매한 마음. 아예 눌러사는 것이면 더 기를 쓰고 이곳에 섞여보겠노라마는 나는 몇 개월도 아니고 딱 한 달 여행자이다.

나는 여행을, 여유롭고 낭만적으로, 사치스럽고 느긋하게 표현되는 잠깐의 시간을, 함께 웃다가도 스르륵 깨면 없는 사람들을, 한순간 반짝였다 금세 마음 저편에 묻힐 사연들을 그저 만끽하면 된다.

길거리에서든, 카페에서든.

조의 집에서 나와 당장 또다른 베를리너의 소파를 물색하기엔 여건이 따라주지 못했다. 잘 곳 없던 내게 피터는 언제든 문을 활짝 열어주었고 다정했던 지난 며칠 때문이었는지 오랜 친구의 집에 가는 것처럼 즐거웠다. 수업이 없는 필립만 아직 자기 방에서 쥐죽은듯이 자고 있었다. 난 딱히 계획한 것도 없었고 가고 싶은 곳도 떠오르지 않아 아침밥을 핑계로 일단 밖으로 나갔다. 잠옷을 그대로 입은 채로 길에서 파는 샌드위치를 사 먹었다. 빵을 들고 어둑한 집으로 들어가긴 싫어서 집 뒤에 자전거를 세워놓은 작은 공터로 갔다. 잡초가 무럭무럭 자라 있었고 담쟁이는 철조망을 타고 쭉쭉 뻗어나가다 못해 거의 산장 주인 턱수염처럼 담 전체를 풍성하게 뒤덮고 있었다. 베를린의 거의 모든 곳이 이렇게 풀과 나무로 들쑥날쑥했다. 잘 가꾸어진 정원이나 아파트 단지의 말끔한 공원이 아니라 방치되어 제멋대로 자라난 풀들이었다. 어쩌면 방치라는 말도 '들어가지 마시오'라는 팻말이 있는 정돈된 공원만 보며 자란 나의 표현일 뿐인지도 모른다. 한 나라의 수도 중에서 이렇게 숲과 나무가 거칠게 우거진 도시가 또 있을까. 베를린의 풀은 원래 자기들이 있던 그 자리에서 원래 살던 방식으로 살아가고 있는 듯했다. 초록 풀들의 공간에 사람들이 집을 짓고 도로를 깔고 자전거를 세워놓은 것뿐. 며칠 전 놀이터에서 흙이랑 같이 뒹굴며 놀던 엄마와 아이들의 모습이 떠올랐다. 새끼 사자 같은 아이들이 옷에 흙을 묻힌 채 땅을 구르며 노는 모습을 그저 웃으며 지켜보는 젊은 엄마. 이런 풍경을 마지막으로 본 것이 언제였던가.

　베를린의 넓은 공원을 지나쳐 갈 때면, 과거 인상파 어느 화가의 화폭 속을 거니는 듯 그 옛날에나 볼 수 있었을 법한 경이로운 숲과 빛의 세상에 감탄하곤 했다. 머릿속을 상쾌하고 향기롭게 채워주는 자연 속에서 당연하다는 듯 여유를 즐기는 베를리너들이 부러웠다. 예전에 내가 흙 묻은 옷을 속상해하며 털어낼 때 옆에 있던 남자친구가 "흙은 더러운 게 아니니 괜찮아"라고 말한 적이 있었다. 맞아, 흙과 벌레는 더러운 것이 아닌데. 옷에 조금이라도 묻으면 빨리 털어내지 못해 안달하고 그것들이 없는 상태를 깨끗하다고 여기며 살았다. 큰돈을 들여 어렵게 만들어지는 것만이 멋진 공원은 아니었다. 흙, 나무, 풀과 벌레들이 떠나지 않은 이 도시가 그림처럼 아름다운 것은 너무도 당연했다.

　베를린을 아름답게 하는 것 중 또하나는 자전거이다. 자전거와 개는 마치 핸드백처럼 사람 옆에 졸졸 붙어다녔다. 오히려 핸드백이 자전거보다 드물게 보일 정도였다. 그만큼 이들에게 자전거는 필수적인 소유물인 것이다. 언젠가부터 우리나라에서 자전거는 패션 아이템을 넘어 자전거 주인의 부와 센스를 보여주는 어떤 상징의 도구나

자랑의 수단으로 여겨지기 시작했다. 웬만하면 산책용으로밖에 쓰이지 않으면서도 딱 봐도 좋은 것과 후진 것으로 판가름하며 소위 간지용으로 가지고 다니는 사람도 많아졌다. 하지만 베를린의 자전거는 평범함을 넘어 내가 보기엔 촌스럽기 그지없게 생긴데다 세월의 흔적까지 숨김없이 드러나 있는 투박하고 기능적인 자전거가 대부분이었다. 워낙 자전거가 자동차나 대중교통만큼이나 자주 이용되는 교통수단이어서 모두들 실용적인 자전거 하나씩은 가지고 있는 듯했다. 어느 동네를 가든 자전거를 대여해주는 곳이 있었고 자전거 도로와 교통법이 오래전부터 정착해 유럽의 자전거 도시라는 멋스러운 별명이 그 어떤 곳보다 잘 어울렸다.

번쩍번쩍 빛나는 간판부터 세련미가 과도해 쉽게 들어가기 뭣한 디자이너 숍과 고급 레스토랑이 즐비한 하커셔마크트 역 근처 거리에서 한 아저씨가 깔끔한 넥타이에 양복 차림으로, 지적으로 생긴 나이든 여성이 투피스 차림으로, 연이어 자전거를 타고 지나가서 그 거리가 색다르게 보이기도 했다. 젊은 여자들도 하늘거리는 원피스건 미니스커트건 개의치 않고 자전거를 타고 달렸다. 아무도 그 여자가 무슨 색 팬티를 입었는지 보려고 기웃거리거나 의식하지 않았다. 그들에게 자전거는 그저 매일 넘어가는 달력의 숫자를 보는 일처럼, 특별히 신경쓰지 않아도 늘 함께인 일상일 뿐 그 이상도 그 이하도 아니었다. 이처럼 수수하기 짝이 없는 베를리너의 자연스러운 나날이 며칠 후면 떠날 여행자인 나의 눈에는 로맨틱하고 매력적이었다.

또하나의 여행

다음날 마당에서 아침을 먹다가 들어왔더니 필립이 일어나 있었다.
우리 둘은 마주앉아 차를 한 잔씩 마셨다. 이젠 누가 차를 마시겠냐
고 물어보면 미리 작은 잔에 달라고 부탁한다. 워낙 큰 머그잔에 넘
칠 듯 그득하게 따라주니 늘 다 마시기가 힘들었기 때문이다. 내 말
에 필립은 조그만 커피잔과 그보다 더 작은 에스프레소 잔을 양손에
들고 어느 쪽이 더 좋으냐며 장난을 쳤다.

　　타지에선 마음도 쉽게 열리는지, 몇 번 봤다고 이젠 농담도 제
법 능구렁이처럼 웃으며 받아칠 수 있을 만큼 편해졌다. 따뜻한 컵을
두 손으로 감싸쥐고, 물건들이 어지럽게 널브러져 있는 어느새 친숙
해진 피터의 집을 쓰윽 둘러보았다. 이곳을 떠나기 전 주방의 매끈한
흰 타일 벽에 내가 세 친구의 이름을 한글로 적어놓았었는데 그 옆
에 새로운 낙서가 추가되어 있었다. 세모가 세 개, 세모 옆에는 숫자
와 이름들. 이게 뭐냐고 물으니 캠핑 계획이란다. 이번엔 캠핑! 피터
와 필립, 니코를 포함한 친구 열 명이 3박 4일 동안 퓨전페스티벌을
즐기러 간다고 했다. 세모는 바로 텐트였고 이름은 한 텐트에 누가 잘
것인가 메모해놓은 것이었다. 퓨전페스티벌은 베를린 근교 도시에서
여름에 열리는 꽤 큰 음악 페스티벌로 유럽의 뮤지션들이 대거 참가
하며 매년 새로운 밴드들로 구성된다고 했다. 가지 않는 젊은이가 거
의 없을 정도의 유명한 페스티벌이란다. 내가 모르는 티를 팍팍 내며
쳐다보자 필립이 작년 페스티벌에서 찍은 사진들을 보여주었고, 가

고 싶다는 말이 나도 모르게 새어나왔다. 같이 가게 해달라며 팔을 뻗어 허우적거리고 싶은 것을 다른 카우치 서퍼들과의 약속 때문에 간신히 참았다. 게다가 티켓은 이미 몇 달 전에 매진되어서 무턱대고 간다 해도 공연을 볼 도리는 없었다. 작은 화면 속 사진만 봤는데도 벌써 벅차서 심장이 쿵쾅거렸다. 별이 비처럼 쏟아지는 밤, 텐트에 팔 괴고 누워서 흐르는 음악을 주워 담고 맥주로 샤워를 하며 맘껏 춤추며 밤을 지새는 축제. 음악 페스티벌과 여름밤을 쇼핑과 초콜릿만큼이나 좋아하는 나인데……. 그저 부럽다는 혼잣말만 되풀이했다.

필립은 그런 내가 안타까웠는지 일요일 하루만 입장할 수 있는 20유로짜리 티켓을 현장에서도 판매한다는 알짜 정보를 알려주었다. 그리고 구글 맵스를 켜더니 베를린에서 버스로 두세 시간 걸린다며 손가락으로 찍어 가리켰다. 나는 시간의 제약을 받는 여행자 신세라 기차 시간과 비용 등등 여러 가지를 비교해봐야 했다. "그렇게 가까운 거리는 아니네. 생각을 좀더 해볼게"라고 대답하니 그는 구글 맵스를 축소해 자기가 태어난 도시를 보여주면서 이렇게 먼 곳에 비해 두세 시간은 아주 가까운 곳이라며 웃었다. 그 거리는 서울과 부산을 세 번은 왕복할 만한 거리였다. 그리고 지도를 더 축소해 아일랜드를 가리키더니 메이브는 여기서 온다며 호탕하게 웃었다. 그는 호탕하게 웃었지만 그 순간 그게 비웃음처럼 느껴졌다. 두세 시간이 뭐가 멀다고 이미 몇 시간의 이동쯤은 각오하고 여기까지 날아왔을 여행객이 그걸 더 고민해보겠다고 가고 싶은 맘을 추스르느냐, 작은 나라에서 온 걸 티내는 거냐는 말이 숨어 있는 것 같아 체면이 살짝 구겨졌다. 필립이 그런 뜻을 품었든 아니든 난 여행에서조차 시간이나 돈에서 완전히 자유롭지 못하다는 사실에 씁쓸했다. 오히려 살던 곳에서보다 여행지에서 시간을 버릴까, 돈이 떨어질까, 더 전전긍긍 아등바등했던 것도 같다. 여행중에 떠나는 짧은 기차여행은 얼마나 낭만적일 것이며 얼마나 다채로운 것인가. 여하튼 예상치 못한 기차여행을 할 수 있는 이 기회가 생각만 해도 짜릿하여 모니터 속 사진만 덩그러니 쳐다보았다.

하지만 황홀한 상상은 그리 오래가지 못했다. 최대한 많은 이들의 집에서 머물러보기로 했으므로 충동적인 일정은 최대한 피하기로 했다. 아쉬운 마음을 꾸욱 누르고, 이번 페스티벌 라인업에 있는 밴드인 주얼리 킹의 뮤직비디오를 보며 우리는 남은 차를 마저 마셨다.

그렇지만 결국 나는 며칠 뒤, 기차역에서 페스티벌로 가는 사람들 중 합석을 할 수 있을 만한 이들을 물색하느라 반나절을 꼬박 보냈다. 거짓말 하나 안 보태고 정말 그곳에는 여자 남자 할 것 없는 젊은이들이 하나같이 엉덩이에서 머리 위로 한참은 올라가는 커다란 배낭을 둘러메고 표를 구한답시고 바글거렸다. 비록 갑작스럽게 등장한 나에게 자기들의 기차표를 쉬이 나누어줄 사람은 없어 허탕을 치고 돌아와야 했지만 최소한 어떤 차림새로 이곳의 청년들이 페스티벌에 임하는지는 볼 수 있었으니 그것으로 만족했다.

    베를린이 아름다울 수 있는 건 나무도 자전거도 있지만 이렇게 매일을 즐기겠다는 아름다운 이들이 있어서가 아닐까. 피터는 자신이 학교에서 돌아오기 전에 내가 떠날 것을 알고 있었다. 난 그가 방문 앞 타일 바닥에 매직으로 휘갈겨 쓴 인사말을 하마터면 못 보고 지나칠 뻔했다. 짧은 한마디였지만 가는 길까지 배려해주는 피터가 고마웠다. 다시 볼 일이 없을 것만 같아 발길이 참 떨어지지 않았다.

Hey, Abang, Have fun!

STEFAN / 심플하게 살고 싶은 당신
간단해지기 어려운 세상, 간단해져야만 행복해진다

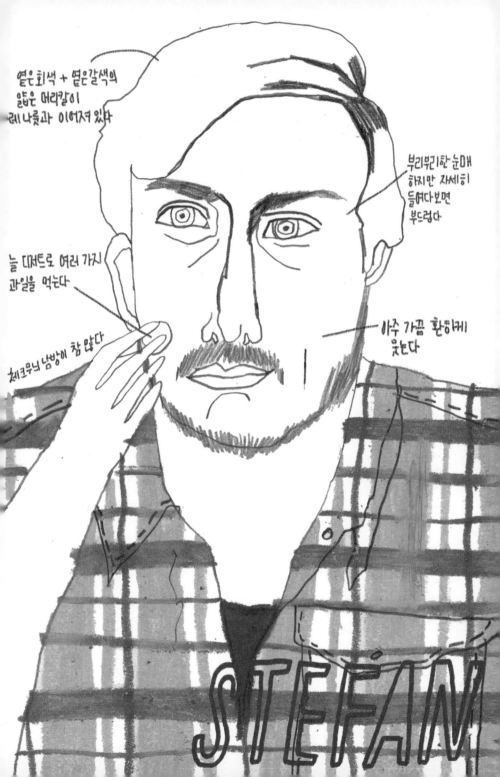

어쩌다보니 당연하게 웃고 있다

스테판 역시 사진 그대로였다. 큰 키에 쩍 벌어진 어깨와 부리부리한 눈, 옅은회색빛이 도는 어두운 갈색 머리는 독일인다웠다. 이국적인 외모가 낯설어 쭈뼛쭈뼛할 만도 했지만 자주 메시지로 연락을 해서 그런지 처음 보는 사이 같지 않았다. 프리드리히샤인 구역에 있는 스테판의 집은 넓었고 신식이었고 무엇보다 깔끔했다. 들어서면서부터 집이 깨끗하다고 칭찬을 하자 스테판도 끄덕거리며 인정했다. 남자 셋이 사는 집치곤 깨끗하다고. 컬러라곤 검은색과 흰색뿐인 주방은 굉장히 심플하고 모던했다. 모든 집기나 물건들이 수납장 속에 들어가 있고 식기세척기가 있어서 쓰레기만 제때 버리면 지저분해질 수가 없는 주방이었다. 스테판이 베를린예술대학교 대학원에서 건축과 디자인을 전공하는 학생이라는 점을 생각해보면 디자인을 공부하는 남자들이 대개 좀 모던한 걸 선호하는 것 같기도 하다.

이제는 집 소개를 받는 것이 아주 자연스럽다. 호스트가 문을 하나씩 열며 이 방은 누구의 방이라고 설명하면 난 꼭 이 집에 이사 올 사모님이나 되는 것처럼 부드럽게 고개를 돌려 방을 살피고 끄덕이며 설명 듣는 걸 무슨 놀이처럼 즐겼다. 집을 둘러보고 나면 몇 분간의 고상했던 사모님 자리는 고이 내려놓고 눈치껏 내 소파 옆에 짐들을 풀고 편한 옷으로 갈아입는다. 비로소 생활이 시작되는 것이다.

짐도 풀고 옷도 갈아입었겠다, 몸이 편해지니 슬슬 배도 고파왔다. 피터와의 이별이 아쉬웠던 것도 잠시, 나는 스테판의 집에 오자마자 웃고 있다. 센스 있는 스테판이 나에게 저녁을 만들어주겠단다. 야호! 내가 양반 다리를 하고 앉아 이것저것 사진을 찍는 동안 토마토와 파프리카, 버섯을 썰고 면을 삶고 순서대로 착착 차분하게 요리를 하는 그의 뒷모습이(조에겐 좀 미안하지만) 멋있었다. 남자가 주방에서 스파게티를 만들고 있는 그런 우아한 모습을 처음 보는지라 팔을 괴고 그윽하게 바라보다가 '앗, 이건 꼭 드라마의 한 장면 같잖아' 하며 사진을 찰칵찰칵 찍어대니 스테판이 쑥스러운 듯 웃었다. 훤칠한 외국인 남자가 나를 위해 요리를 하고 있다가 방금 웃었어! 지금 꿈을 꾸는 건가. 막연히 언어 잘 거야, 얻어먹고 다닐 거야, 친구들을 사귈 거야, 하고 뜬구름 같은 상상만 했는데 어쩌다보니 당연하게 언어 자고 얻어먹고 있었다. 역시 생각은 팔과 다리를 조종하는 것이 틀림없었고 그러므로 인생은 생각하는 대로 흘러가기 마련이었다. 상황에 머리와 마음을 맞추는 게 아니라, 상상해왔던 쪽으로 상황을 만들어가면 또 그리되는 것이 신기했다. 스테판식 스파게티를 먹으면서 우리는 가볍게 첫 대화를 나누었다. 새삼 '나누다'는 말이 참 좋았다. 이야기든 뭐든 나누는 것이 있으면 더 친밀해지는 법이니까.

"스테판, 넌 베를린의 어떤 점이 좋니?"
"전부."
"가끔 베를린 말고 다른 도시에서 살고 싶은 마음은 없어?"

"독일을 떠나서 살고 싶지는 않고, 살고 싶은 도시를 고르라면 베를린과 함부르크 딱 두 곳. 함부르크는 정말 예쁜 도시야."

"그렇구나. 근데 넌 학교에서 전시, 비주얼커뮤니케이션, 건축, 디자인…… 배우는 게 참 많더라. 왜 그렇게 많은 걸 배우는 거야?"

아차, 곧바로 정말 바보 같은 질문을 했다는 걸 느꼈고 스테판과 나는 동시에 외쳤다.

"재밌는 것이 많으니까!"

"그것들 다 배우고 졸업하면 어떤 일을 하고 싶어?"

"음, 아직 생각해보지 않았어."

생각해보지 않았다고?

"그럼 인생의 목표가 뭔데?"

"그냥 행복하게 사는 거야."

"그건 너무 뻔해. 거의 모든 사람들이 그렇게 얘기하잖아. 당연히 행복이 제일 중요하긴 하지만 어쨌든 뻔한 대답이야."

"정말이야. 난 돈을 많이 벌고 싶지도 않고 큰 차를 갖고 싶지도 않아."

"그래? 그럼 일은? 더 많이 하고 싶지 않아?"

"별로. 난 일에 욕심나지 않아. 적당히 일하고 남는 시간에 운동하고 그림 그리고 그렇게 살고 싶어."

"그래, 너의 행복을 위해서라면!"

그는 후식으로 사과를 깎아서 나에게도 한쪽 건넸다. 꿀맛이었다. 문득 엄마의 말씀이 떠올라서 사과를 우물거리며 말했다.

"있잖아, 스테판. 사과는 저녁보다 아침에 먹는 것이 건강에 좋대."

스테판은 대답은 하지 않고 사과 한쪽을 더 내밀었다. 나는 그걸 받아들었고 또 우리는 동시에 외쳤다.

"맛있다!"

스테판이 씩 웃었다.

"사과를 언제 먹어도 난 건강해. 그리고 사과는 언제 먹어도 맛있어."

상관없어, 스테판은 알고 있으니까

스테판은 서른 살이다. 그는 베를린예술학교 중 경쟁률이 가장 치열하다는 대학원에 다니며 많은 것을 배우고 시험을 준비하고 과제를 위해 연구를 하며 지낸다. 그런 그가 좋은 차를 갖거나 많은 돈을 버는 것에 관심이 없다고 한 것까진 뭐, 어쩌면 이해할 수 있겠다. 하지만 졸업 후에 무슨 일을 할지를 생각조차 하지 않았다니. 실로 충격적인 대답이었다. 또 한번 우리나라 상식에 빗대어보면 '대학원까지 나와서 뭘 하며 먹고살지 아직도 모르겠다고 하다니' 하며 혀를 찰 어른들과 친구들이 많을 텐데. 실제로 나의 선배들은 취직해서 차와 집을 사기 위해 저축을 하고, 진급을 위해 공부하고, 결혼을 위해 애인 만들기에 급급해 보였다. 스테판이 저렇게 느긋한 대답을 할 수 있는 것은 분명히 환경 탓이 크겠지 싶었다. 베를린은 면적이 서울보다 훨씬 넓지만 인구는 4백만 명으로 서울의 3분의 1정도였다. 대학교와 대학원의 등록금은 우리나라에 비하면 거의 없는 수준인데다 다른 기술을 배우는 것에도 국가의 지원이 바탕이 되어 사비가 거의 들지 않는다고 했다. 대신 취직해서 돈을 벌게 되면 세금을 아주 많이 내긴 하지만 배움에 있어서 돈이라는 문제를 크게 생각하지 않아도 된다는 점이 많이 달랐다. 교육비로 들인 돈이 어마어마하니 졸업을 하기 전부터 미래를 걱정하는 한국의 친구들은 어찌 보면 그럴 수밖에 없는 것 같기도 했다. 물론 독일도 학교의 등록금이 싼 덕에 졸업하지 않고 학교만 10년 가까이 다니는 학생들이 많아 문제라고는 했다. 대한민국 인구 5천만 명 중, 서울에 사는 사람 수는 무려 5분의 1이 넘는 1,200만 명 남짓이란다. 순간 내가 콩나물시루 안에 있는 콩나물이라도 된 듯한 갑갑함에 숨이 턱 막혔다. 그중 몇 퍼센트에 들어야 뒤처지지 않는 사람이 된다느니, 결혼 자금으로 얼마를 모아야 결혼이 가능하다느니 그런 소리를 늘 들어왔던 내 앞에서 지적인 모습으로 스파게티를 먹고 있는 스테판은 무슨 도사 같았다.

그는 무엇을 할지 아직 정하지 않았다고 했지, 무엇을 하고 싶은지 모르겠다고 하지는 않았다. 그는 자기가 뭘 하며 어떻게 살고 싶은지는 아주 잘 알고 있었다. 다만 어떤 직업을 가질지 아직 생각해보지 않은 것뿐.

우린 밥을 다 먹고 테라스에 앉아 잠시 쉬었다. 스테판은 의자에서. 나는 해먹에서. 테라스에는 화분이 참 많았다. 나는 손 뻗으면

닿을 거리에 있는 작은 화분도 잊을 때가 많아서 주로 말린 꽃을 사거나, 꽃을 사자마자 걸어서 아예 말려버리는 편이다. 그런데 민의 집에서 묵을 때, 복도 천장에 매달린 화분에 물을 주기 위해 옆집 아저씨가 사다리까지 들고 나와서 물을 주고 들어가는 세심한 모습을 보고 적잖이 감동을 받았던 적이 있었다. 나는 그 아저씨가 떠올라 스테판에게 물었다.

"너도 얘네에게 매일 물을 주니?"

"어떨 땐 비가 오고, 어떨 땐 잊어버리고."

우리는 이번에도 깔깔거리며 동시에 외쳤다.

"결국 물을 한 번도 안 주는 거지!"

겨우 반나절 얘기했을 뿐이었는데 스테판과 나는 떠들 때 꽤나 죽이 잘 맞았다. 스테판은 진지하고 학구적으로 생긴 것에 비해 유머코드가 가벼운 부분은 제법 나와 비슷했다. 베란다에서 시답지 않은 이야기로 낄낄거리는 사이에 해가 기울고 있었다.

테라스에서 내려다본 동네엔 붉은색 지붕이 길 따라 주욱 늘어서 있었다. 5층짜리 집의 자그마한 창문들에 불이 하나둘 켜지고 그 안에 장난감 같아 보이는 사람들이 저마다의 저녁을 보내며 움직이고 있었다. 내일 비가 온다고 했다. 그래서인지 벌써부터 공기가 약간 젖어 있고 빠르게 흘렀다. 저멀리 형광핑크색의 노을이 흐르고 또 흘렀다. 시원한 밤바람도, 밝은 반달을 안주 삼아 우리들 살아가는 이야기도.

별일 있는 보통날

자극과 낯섦을 피부로 느끼고자 간 여행에서 그곳이 어느새 익숙해졌다는 사실마저 인지하지 못하게 되는 것이 싫어 여행 기간을 한 달로 정했다. 그런데 30일이 채 되지도 않았는데 베를린의 지하철 노선은 어느새 빤해졌고 여러 번 가본 곳의 지명도 외워졌고 남의 집을 전전하며 짐을 풀다 싸는 것도 이 정도면 여행자로선 베테랑이었다. 초반에 받았던 충격과 놀라움 덕분인지 이젠 무엇을 봐도 '이 정도쯤이야' 하며 넘길 수 있는 여유까지 생겼다. 매일 문자로 안부를 물으시는 엄마에게도 '별일 없어요'라며 의기양양 답장할 만큼 여행이 만만해져가고 있었다.

오늘은 기다리고 기다리던, 마르코네 집에 버튼을 만들러 가기로 한 날. 서울에서 집 앞 화방에 들르듯 모듈러에 들러 버튼에 찍을 색색의 종이를 샀다. 대형 슈퍼마켓에 들러 비닐봉투를 어떻게 사야 하는지 몰라 쩔쩔맸던 처음과 달리 자연스럽게 봉투를 스윽 뜯어 마르코에게 줄 과일을 샀다. 오늘도 역시 별일 없는, 없을 것만 같은 일들로 하루가 시작되었다.

그래도 피터네 집에 두 번 찾아갔을 때처럼 익숙한 길을 다시 찾아가니 여간 반가운 게 아니었다. 슈드스테른 역에 내려 왼쪽으로 꺾은 다음, 넓은 풀밭길을 3분 정도 걸어가면 큰 도로가 나오고 횡단보도를 건너 몇 개의 음식점과 몇 개의 잡화상을 지나면 마르코네 집이 나온다. 현관문을 열어주는 마르코는 여전히 상냥했다. 그의 책상은 여전히 깔끔했고 이 시간에 늘 그렇듯 일을 하고 있었던 모양이다. 아침에 꾸무럭대느라 생각보다 시간이 많이 흘렀다. 곧바로 노트북을 켜고 작업을 시작했다. 내가 그림을 그리고 편집하는 동안 마르코도 컴퓨터 앞에서 조용히 자기 작업을 했다. 너무도 자연스러운 상황에 우리가 원래 알고 지내던 오빠, 동생이라도 되는 것 같았다. 사실 같은 공간에서 각자의 창작에 집중하고 있는 이 시간이 바로 내가 상상하고 바랐던 이번 여행의 로망이 아니었나! 그런 순간은 언제나 알아채지 못하게 가면을 쓰고 살며시 왔다가 살며시 떠나는 것 같다.

톡탁톡탁, 쓰샤샥 쓰샤샥, 그리고, 지우고, 두드리고.

꿈일 줄만 알았던 시간이 찾아왔음에도 나는 버튼에 눈이 멀어 그저 보통의 날과 다를 바 없이 하루를 보내고 있었다. 요즘, 별일 없어? 하고 물으면 응, 없어 하고 대답하는 것처럼.

얼마 지나지 않아 나는 얼렁뚱땅 그림 일곱 장을 완성했다. 우린 그린 것을 스캔하고 집 앞 출력 센터에서 출력을 하고 그걸 기계로 찍어서 버튼으로 만드는 과정을 함께했다. 귀찮을 법도 한데 마르코는 나긋나긋 친절히 알려주고 도와주었다. 마르코표 수작업 버튼공장을 가동해 찍고 누르고를 반복했다. 어느새 둘이서 작은 버튼을 쉰다섯 개나 만들었다. 사전에 그는 내게 열다섯 개를 선물로 주겠다고 했으나 예쁜 나머지, 생각보다 많이 만들어버렸다. 그의 재료

와 시간을 지나치게 받았다는 명목으로 고민 끝에 난 10유로를 조심
스레 내밀었다. 괜찮다고 손사래 치는 모습이 우리나라 사람처럼 과
격하지 않았고 수줍은 듯 얼굴만 붉히기에 시간을 더 끌지 않고 그의
주머니에 지폐를 찔러넣었다. 마르코는 그 돈으로 맛있다고 칭찬했던
집 앞 피자 가게에서 피자를 사주었다. 피자를 베어 물고 길거리를
지나다니는 동네 주민들을 가만히 구경했다. 이 길을 열댓 번도 더
오갔지만 가만히 바라만 보았던 적은 없었던 것 같다. 내가 마르코의
집에 처음 왔던 길, 그의 친구들과 맥주를 마시러 나갔던 길, 마르코
와 함께 동네 구경을 하며 걸었던 길, 잡화상 쇼윈도에 걸린 꽃무늬
비키니가 좋아 몇 번이나 살피며 지나갔던 길. 미소가 번졌다.

　　지난겨울,

　　눈이 내리고, 또 지난 나의 일 년을 하얗게 지우고, 지겨워 듣지
않던 샹송을 다시 틀고, 초여름부터 말려놓은 프리지어 색이 여전히
노란 것을 확인하고, 온기가 있는 방에서 혼자 털옷을 입고, 시간이
되기를 기다렸다. 주말마다 그림을 그리기 위해 내게 찾아오는 사람
들을 위해 빨리 끓어버려서 재미없는 커피포트 대신 냄비에 차를 끓
이고, 그걸 컵에 따를 때 나는 정겨운 소리를 듣고, 고소한 차 향이
공기에 그득 스미고, 스피커에서 흐르는 색소폰 소리가 일요일 오전
을 메우고, 잠시 음악이 멈췄을 때 느껴지는 사박사박 눈 닿는 소리
에 12월이 실감났다. 일요일 아침의 것들을 하나하나 쓰고 보니 과연
평화롭고 행복한 시간이었고 이 모든 것이 별일이었다.

사실은 매일이 별일 투성이인데도 웬만한 일은 별일로 쳐주지 않을 만큼 나는 자극적인 맛에 취해 있었던 걸까. 이렇게 또 베를린에서 '별일 있는 보통날' 하나를 모르고 지나칠 뻔했다.

비와 베를린, 날것의 베를린

새벽에 비가 왔다. 덕분에 저녁에 빨아서 테라스에 널어놓은 양말과 속옷이 쫄딱 젖었다. 꼬박 열세 시간 동안 밖에 있었던 양말은 도시의 모든 냄새를 머금었고 도시의 모든 냉기를 머금었다. 한 주간 날씨가 흐리다는 예보가 떴다.

비가 온 후라 녹음이 선명해졌고 그래피티도 더욱 짙어졌다. 벽이고 간판이고 할 것 없이 온 도시에 스며들어 있는 자유분방한 색채들. 사람이 없어 나뭇잎만 구르는 스산한 길거리에서, 누군가 신나게 휘갈겼을 연분홍색 그래피티를 마주칠 때면 사막에서 꽃을 발견한 기분이었다. 낙서들은 겹치고 겹쳐 층층이 쌓였고 그렇게 새로운 낙서로 끊임없이 되살아났다. 매일같이 발걸음이 닿는 곳마다 이런 예술의 흔적을 보고 듣고 즐기는데 어찌 예술적 감각이 베를리너들의 몸에 배지 않을 수가 있겠어. 필립이 "나는 예술가가 아니야"라며 웃었을 때 나는 "맞아!"라고 단호하게 대꾸했는데 그건 진심이었다. 두려울 것 하나도 없다는 듯 벽에다 떠들어재낀 스프레이 자국만으로 베를린을 설명하기엔 턱없이 부족하지만 그 수북한 낙서들이 다른 도시와는 비교할 수 없는 묘한 매력을 뿜는 건 확실했다. 뭐든 빠르게 흐르는 뉴욕과도, 작은 것 하나까지도 세련된 런던과도, 아기자기함이 넘치는 브뤼셀과도, 유머러스함에 웃고 마는 암스테르담과도 확실히 달랐다. 베를린 담벼락의 낙서는 묵직하고 진실되면서도 한편으론 한없이 가볍고 자신감마저 넘쳤다.

하커셔마크트 지역에 있는 화방 퀸스틀러마가진을 첫번째로 구경하고 거기서부터 길을 따라 되는대로 걸어가보기로 했다. 비에 젖은 돌바닥이 반질반질하고 공기는 새콤했다. 이 넓디넓은 길에 사람이 어찌나 없는지 나는 간이 커져 큰 소리로 노래를 불렀다.

혼자 온 여행이었지만 그동안 뭘 하고 다녔기에 걸으며 생각하는 시간도 가지지 못했을까. 떠나기 전에 기대했던 느긋함과 여유로움을 실제로 느끼기는 생각만큼 쉽지 않았다. 하지만 이것 또한 여행이었다. 애초에 상상했던 여행과 다르든, 지금 뭘 하든, 뭘 느끼든, 나는 여행하고 있는 거였다.

오랜만에 천천히 걷다보니 건물 기둥이 천사 조각상으로 된 것도 보이고 칠이 다 벗겨진 외벽이어도 전혀 허름해 보이지 않는 고풍스러운 맨션도 눈에 들어왔다. 불이 꺼진 작은 갤러리 유리창에 붙어 있는 포스터, 슈퍼 앞에서 주인이 나오기를 기다리고 있는 커다란 달마시안, 오래된 레코드숍 안 외설과 예술의 경계를 넘나드는 담배 연기 스민 흑백사진들, 낙엽 쌓인 반지하 창문 앞에 놓여 있어 도대체 왜 저런 곳에 놓여 있을까 하는 생각이 들게 하는 주인 없는 작은 책, 각기 다른 글씨체로 이루어진 팻말. 베를린의 어디를 가나 새것은 드물었다.

세련되고 깨끗하다면 베를린이 아니지. 깨지고 부서진 가운데 삐죽 삐져나와 날 좀 보소 하며 손짓하는 날것들이 나를 이 순수하고 본능적인 도시에 좀더 깊숙이 빠져들게 했다.

하루종일 비가 오다 말다 했다. 해가 지려면 멀었기에 존넨알레 지역으로 총총 발길을 돌렸다. 존넨알레는 베를린에서 처음으로 정이 들었던 곳이라 익숙하기도 했고 그저 그곳의 공기와 거리가 좋아서 다시 가보고 싶기도 했다. 서울의 신사동이나 홍대 등지처럼 휘황찬란한 카페나 바도 없어 왜 찾아가나 싶을 정도로 밋밋한 동네인데도 이상하게 끌렸다. 사람도 자기와 맞는 사람, 왠지 끌리는 사람이 있는 것처럼 동네도 마찬가지였다. 존넨알레도 베를린의 다른 곳과 같이, 거북목을 하고 여기저기를 기웃거리며 자세히 들여다봐야 꼭꼭 숨어 있는 가게와 작업실들을 만날 수 있었다. 오늘도 지나가다 우연히 옛 LP를 내놓고 파는 아주 작은 헌책방을 발견했다. 오랜 시간 케케묵은 탓에 찹찹하고 그윽해진 종이 냄새가 코끝을 잡아당겨 차마 그냥 지나칠 수가 없었다. 역시 들어가보기 잘했다. 옛날 만화 포스터들로 벽은 빈틈이 없었다. 다른 헌책방에서는 볼 수 없었던 도날드덕 독일어판 만화책도 아주 싸게 샀다.

헤르만 광장에서 존넨알레 거리를 따라 존넨알레 역까지 가는 길은 생각보다 멀었다. 어쩌다보니 한참을 걷게 됐지만 좋아하는 거리의 풍경들을 다시 한번 눈과 귀에 담을 수 있어서 오래 걸어도 괜찮았다.

쌉쌀하면 쌉쌀한 대로, 달콤하면 달콤한 대로. 좋아하는 일러스트가 벽에 걸린 카페에 다시 찾아가 커피를 마시는데 때마침 창밖으로 비가 시원하게 쏟아졌다. 창틀은 하늘색 칠이 살짝 벗겨진 오래된 나무였고 바깥에서 젖어가는 나뭇잎 실루엣과도 너무 잘 어울렸다. 비가 투덕투덕 잠잠해질 때까지 그 모습을 오랜만에 넋을 놓고 바라보았다.

사랑스런 네시의 해가 있어
조명을 켤 필요가 없는 카페.

그녀의 기타 소리

못생긴 모과 하나

스테판은 어제 새벽 세시에 집에 들어왔다. 일주일에 한 번 바에서 아르바이트를 하기 때문이다. 나는 일찍 잠이 들었다가 스테판이 방에 들어왔을 즈음에 깨어 소리가 나는 쪽을 보았다. 그는 침대에 누워서 책을 읽고 있었다. 그저께도 그랬었는데. 스탠드의 노란 불빛 옆에서 포근한 이불을 가슴까지 덮고 작은 책을 넘기던 스테판의 모습이 어렴풋하다. 일을 하고 와서 피곤할 텐데 입었던 청바지는 바닥에다 홀러덩 벗어놓은 채 그 새벽에 책을 읽다 자다니.

스테판의 침대 아래쪽에 나의 소파가 있다. 아침에 깨서 고개를 젖혀 그를 보면 그때마다 미소 지으며 나를 내려다보고 있었다. 그가 깊숙이 잠긴 목소리로 '굿모닝' 하면 그 인사가 어찌나 달콤하고 흐뭇한지. 누구나 쉽게 내뱉는 아침인사 한마디에 하루종일 구름 같은 기분을 가질 수 있단 사실에 약간 쑥스럽기도 했다. 그럴 때면 빵빵하게 부은 아침 얼굴에 화색이 도는 게 창피해 시니컬하게 받아쳤다. 그리고 후다닥 세면도구를 가지고 욕실로 내뺐다. 웃기고 민망하지만 십대 소녀가 따로 없었다.

"아방, 내가 아침을 준비했어. 먹을래?"
"좋지!"
스테판은 직접 만들었다는 아보카도와 딸기를 버무린 잼 비스무리한 것을 빵에 발라주었다. 누텔라 초코잼까지 더하니 환상적인 조합이었다. 그리고 과일과 삶은 계란, 커피도 함께했다. 팔과 등에 화려한 문신이 있고 민머리라 언뜻 보면 무서운 인상인 도미니크는 우유거품을 잔뜩 낸 카페라테를 만들어주었다. 스테판 옆방을 쓰는 도미닉의 직업은 참 의외였다. 정신과 간호사란다. 그를 처음 봤을 때는 상반신을 뒤덮은 문신과 번쩍번쩍한 문어 머리에 대한 선입견 때문인지 무서운 사람인 줄로만 알고 눈도 잘 마주치지 못했었다. 그러나 얘기를 나눌수록 도미니크의 웃는 얼굴이 아주 근사하단 걸 알았다. 더 자세히 들여다보니 눈매가 아주 다정하고 선했고 행동 또한 살가웠다. 그깟 어깨 문신에 사람까지 오해한 게 미안했다.

기다란 머그컵에 가득 피어오른 하얗고 부드러운 우유거품이 아침을, 또다시 시작되는 하루의 긴장감을 감싸주었다. 스테판은 머스타드와 살라미를 빵에 얹어서 커피와 같이 먹었다. 그들이 나이프로 잼을 떠서 빵의 한쪽 면에 발라 먹는 것이 내 눈엔 꼭 격식을 엄청 차린 듯 보여, 며칠이 지나도 어색해서 따라 하지 못했다. 결국 늘 하던 대로 빵을 손으로 뜯어 잼에 찍어 먹으니 스테판이 한국에서는 빵을 그렇게 먹느냐고 물어본다. 이 방법이 내겐 훨씬 익숙하고 자연스러운데 역시 그들이 보기엔 내가 신기하겠지.

빅토리아파크로 가는 길, 지도에 표시된 방대한 초록색 부분이 무엇인지 도무지 감이 잡히지 않았지만 공원에 도착하니 입구에서부터 고개가 끄덕여졌다. 이곳은 그냥 무진장 넓었다. 끝을 가늠할 수 없었다. 사방을 둘러봐도 온통 숲뿐이었다. 공원이라기보다는 작고

울창한 산에 가까워 노루라도 튀어나올 것 같았다. 능선이 바다에 작게 일렁이는 파도처럼 잔잔히 펼쳐져 있고 사방으로는 그 끝이 어딘지도 모를 오솔길들이 갈래갈래 뻗어나 있었다. 나무가 팔을 벌려 만들어준 동굴 속을 걷느라 비가 오는 줄도 몰랐다. 집 앞 풀숲에 소꿉을 갖다놓고 오후 내내 놀던 어릴 적의 아늑함이 있었다. 그때 옷에 묻어났던 풀 향기가 문득 기억났다. 내리다 말다 하는 비 사이로 나타나는 작은 계곡과 폭포, 들장미가 흐드러진 소박한 산책로, 알프스 소녀 하이디를 읽으며 머릿속으로나 그려보았던 푸르게 울렁거리는 동산이 여기에 진짜 있었다.

그 귀여운 동산 한가운데서 젊은 흑인 남자가 내게 다가왔다. 괜히 힐끗힐끗거리며 우쭐해 있는데 어느새 다가온 남자는 날 무심하게 지나쳐 걸어갔다. 그리고 내 뒤에 있는 줄도 몰랐던 예쁘고 날씬한 금발의 여자가 나를 대신해 활짝 웃으면서 남자가 꺾은 들꽃다발을 안았다. 이런 동화 속 같은 곳에서 고백하면 안 넘어갈 여자 없겠다.

'못생긴 모과 하나가 내 마음에 향기를 남기고 못생긴 내 노래가 누구의 마음에 흔적을 남길까'란 어느 인디 가수의 노랫말이 있다. 처음 들었을 때는 사랑을 노래하는 가사들 중 순수하고 귀여운 가사로는 최고봉이라 생각했었다. 그때쯤, 누군가에게 상처받지 않으려 마음을 가다듬는 시간의 연속이 사랑 아닐까 하며 실의에 빠져 있던 나는, 투박하지만 무언가라도 주고 싶은 마음도 사랑이라는 생각을 퍼뜩 했었다. 남자가 들꽃을 꺾어 내밀었던 것처럼.

　못생긴 모과 하나가 내 맘에 향기를 남기면 어쩌나. 늘 더 많이 받는 것에 집착하고 동시에 남기지 않으려고 발버둥친 적 많았다. 내 마음에 상대의 흔적이 남지 못하게 애쓰느라, 내 아픈 흔적만 들여다보느라, 따뜻한 눈빛과 다정한 인사들을 되려 놓치곤 했었다. 이젠 나도 못생기고 어설플지언정 누군가의 마음속에 어여쁜 모양으로 흔적 하나를 남겨주고 싶다.

기대하고 기대하던 금요일 밤

격주로 디자인 웹진에 그림을 업데이트해야 하는 것이 있어서 다시 돌아왔다. 실컷 워밍업으로 마음만 띄워놓고 도로 집에 가자니 못내 아쉬웠지만 남은 몇 시간이라도 영감에 손을 맡기고 일한 다음 클럽에 갈 생각으로 마음을 다스렸다. 불타는 금요일을 그냥 보낼 순 없다며 월요일부터 기다려왔다. 스테판은 한창 학교 과제 때문에 매일 밤늦게까지 머리를 싸매고 있었다. 집에 가니 역시나 아침에 책상 앞에 앉아 있던 그 자세 그대로 골똘히 작업을 하고 있었다. 그 뒷모습에 자극받아 쓱싹쓱싹 그림을 그리고 있는데, 스테판이 갑자기 프로젝트에 필요한 재료를 사러 갔다오겠다며 옷을 챙겨 입고 휙 나가버렸다. 마음이 콩밭에 가 있는 나는 스테판이 돌아오기도 전에 일을 끝냈다. 그리고 얼마 후 돌아온 그의 손에는 잡다한 재료들과 함께

생선 꾸러미가 들려 있었다. 오자마자 생선 두 마리를 들어 보이며
나더러 생선 요리 좋아하냐고 묻는데 어찌 싫다고 하리. 생선 두 마
리라. 그는 바쁜 와중에도 나를 위해 시간을 내어 요리를 해주었다.
나는 도와준다며 주방까지 가놓고 생선 만지는 것을 그리 좋아하지
않아 카메라를 들고 호들갑을 떨 뿐이었다. 사실 손질할 것도 없이
쉬운 요리 같아 보이긴 했다. 레몬과 바질, 마늘 등을 조물조물 생선
배에 찔러 넣고 포일에 싼 다음 오븐에 넣으면 끝. 그것들을 해내는
스테판의 손이 무슨 호텔 요리사 못지않게 능숙해 보이는 건 기분 탓
일까. 나를 위해 특별히 만들어주는 건지, 아니면 평소에도 다들 이
렇게 해 먹는지.

　　새벽 한시가 넘어서까지 이리저리 종이를 자르며 과제의 콘셉트
에 대해 고심하는 스테판을 남겨두고 조금은 미안한 마음으로 혼자
집을 빠져나왔다. 홀가분하고 신나게 금요일 밤을 즐기리라는 비장한
목표가 있었기 때문이다. 가게들도 문을 닫고 가로등만 켜진 늦은 시
각, 나의 목적지는 유럽에서 가장 유명하다는 클럽 중의 클럽 베르크
하인. 오랜만에 가죽핫팬츠를 꺼내 입었다. 편한 운동화에 편한 배낭
만 가져갔을 내가 아니다.
　　일단 지하철역에는 제대로 내렸다. 하지만 거기서부터 클럽을
찾아가는 것이 진짜 문제였다. 깔린 게 클럽과 바라고 했으나 간판이
없어 찾기가 힘들다. 내가 아는 '길'은 양쪽으로 건물이 있고 그 사
이에 보도블록과 아스팔트가 나란히 깔린 것인데, 베를린은 땅이 넓

어도 너무 넓어 길이 무슨 공터 수준이었다. 그러니 널따란 길 한복판에서 방향을 잃을 수밖에. 하지만 길보다 더 당황스러웠던 것은 유럽에서 제일 핫하다는 클럽이 이 동네에 있기나 한 건지 주변이 쥐죽은듯 조용하고 깜깜하다는 것이다. 가로등마저 띄엄띄엄 켜져 있다. 홍대 앞에 사는 나는 늘 클럽 거리의 휘황찬란한 밤을 봐왔던 터라 당황했다. 다리가 아파 울기 직전까지 근처를 서성였다.

가까스로 왠지 클럽에 가는 것처럼 보이는 젊은 남자애 둘을 발견했다. 반가웠다. 나는 그 둘의 뒤를 조용히 따라 걸었다. 그들은 내가 따라가고 있는 걸 아는지 모르는지 불빛 하나 없는 길을 걷고 또 걸었다. 바로 옆까지 가야 뭐가 뭔지 보일 정도로 사방은 어두웠다. 그리고 서서히 밝아진 곳에서 그곳이 어디인지 확인하고는 깜짝 놀랐다. 주위엔 모래산도 있었고 벽돌과 수레도 있었다. 나는 넓은 공사판을 가로지르고 있었던 것이었다. 용감한 건지 그만큼 치안을 믿고 있는 건지 베를린에서의 밤은 이상하게도 전혀 무섭지 않았다.

더 밝아지니 아무도 살지 않을 것 같은 폐공장 같은 것이 보였다. 살짝 불안해지려는 찰나 발밑에서 어렴풋이 비트의 울림이 느껴졌다. 어찌나 사방이 조용한지 땅을 타고 전해지는 미세한 진동 말고는 어떤 소리도 들리지 않았다. 내 앞에 가던 남자 둘은 벌써 멀어져 보이지 않았다. 고요함 속에 묵직하게 우뚝 서 있는 폐공장과 들릴 듯 말 듯한 사운드. 이곳이구나. 내가 잘 찾아왔구나. 황폐한 건물을 한 바퀴 돌아가니 도대체 어디서 다 모였는지 사람들이 기다랗게 줄을 서 있었다. 신기한 노릇이다. 최고의 인기를 누리는 클럽이라기에 최신식 건물은 고사하더라도 쓰러져가는 공장처럼 생겼을 것이라곤 생각도 하지 못했는데……. "이럴 수가"가 아니라 "역시 베를린!"이었다. 줄을 서서 기다리고 있자니 베르크하인은 유럽 1위의 클럽답게 입장이 매우 까다롭기로 소문이 나 있단 사실이 문득 생각나 불안해졌다. 얼굴이 못생겨서 입장을 못하면 어쩌나. 멍청한 다래끼 덕에 한쪽 눈은 쌍꺼풀이 풀려 눈탱이 밤탱이가 되어 있었다. 슬립온을 신었는데 너무 캐주얼하다고 입장시켜주지 않으면 어쩌나. 차례가 다 가올수록 소심한 맘에 별의별 걱정을 다 했다. 겨우 줄이 줄어들었고 좀 전의 걱정은 정말 별 걱정이 되어버렸다.

의외였다. 나는 진한 화장에 노출이 많고 강렬하고 펑키한 코스튬이 판을 치는 그런 클럽을 상상했나보다. 오히려 노출한 여자들은 길거리나 공원에서 찾아보기 더 쉬웠다. 제각기 다른 옷들, 그것도 긴팔 긴바지가 허다했다. 여자들은 구두는커녕 전부 납작한 로퍼나 스니커즈를 신었다. 화장은 한 건지 안 한 건지 민낯에 가까웠고, 할머니가 처녀 시절에 입다가 물려준 것 같은 50년 전 디테일의 멜빵바지를 입은 금발머리 여자는 심지어 귀여웠다. 이 수수한 클럽 풍경이 낯설었다. 이곳에서 유행은 일종의 개성을 잃어버린 규칙이나 패턴쯤이었다. 웬만큼 둘러보고 나니 그제야 음악이 귀로 들어왔다.

음악은 그다지 내 스타일이 아니었다. 일렉트로닉이라면 이젠 진저리나는데. 게다가 멜로디나 리듬의 변화가 거의 없이 뚱뚱거리기만 하는 것이 다소 밋밋한 디제잉이었다. 자유로운(?) 사랑이 가능하다는 클럽 안의 프라이빗 공간까지 둘러보며 그곳에서 실제로 사랑이 이루어지는지 아닌지 확인하고 싶어 억지로 어깨를 흔들며 두 시간을 견뎠다. 재미가 없었다. 억지 춤을 추고 있자니 돈보다 시간이 더 아까웠다. 믿기 싫었지만 나는 결국, 유럽 최고라는 클럽에서 잠깐의 일탈을 맛보며 미친듯 춤추며 놀겠다는 계획에 실패했다. 손바닥만 한 보드카와 초콜릿을 양손에 들고 새벽 지하철을 기다리며 훌쩍였다. 그놈의 유럽 1위 클럽이 뭐라고 쫙 빼입고 코리안 파워를 보여주겠다는 둥 벼르고 벼르던 금요일 밤이었건만.

처음부터 특별한 날이 아니었던 것처럼 아무렇지 않게, 내 간지럽고 어지럽고 아찔한 젊음의 하루가 지나가고 있었다.

예술학교 수업을 훔치다

스테판은 학교에서 강의를 듣는 대신 전시를 보러가는 날이라며 내게 같이 가겠냐고 물었다. 엄연히 대학 강의인데 내가 같이 들어도 되나? 전시 수업은 학생의 친구도 함께 수업에 참가할 수 있다고 그가 말했다. 듣기만 했던 그 우데카(UDK, 베를린예술대학교)의 수업을 청강할 수 있다니! 주말에 놀러와 스테판의 집에서 하루를 잔 사촌 토비와 그의 여자친구 나디나, 그리고 나 이렇게 셋은 스테판을 따라 나섰다.

열한시를 살짝 넘긴 시각, 교수님이 오셨다. 가벼운 재킷을 걸친 편안한 차림의 할아버지 교수님이었다. 내가 학생 때 디자인을 공부

했다고 하자, 그는 전시를 보는 내내 옆에서 열심히 설명을 해주었다.
그는 나를 배려해서 아주 천천히 얘기를 이어갔다. 아날로그로 디지
털그래프를 표현함으로써 아날로그와 디지털의 경계를 꼬집은 현대
미술 전시였다. 이것들은 교수님의 설명 없이 혼자 보았다면 절대 이
해하지 못했을 작품이었다. 도저히 사람의 손으로 직접 하나하나 그
렸다고는 생각하기 힘든 작품들이어서 언뜻 봤다면 분명 디지털 작
업인 줄 알았을 게다. 방대한 크기의 미술관에서 다음으로 본 것은
미술관의 소장품을 걸어놓은 상설전시였다. 대부분 르네상스 시대
의 작품이었고 단연 내가 좋아하는 보티첼리의 그림이 제일 먼저 눈
에 들어왔다. 부드러운 선과 색의 조화를 꼼짝 않고 보는 내 옆에서
교수님은 역시나 간단한 설명을 곁들여주었다. 그림이 더욱 특별하게
다가왔다.

　마침 내 주머니엔 마르코와 만들었던 버튼 중 붓펜으로 직접 쓴
'춤' 버튼이 있었다. 전시를 다 보고 헤어지기 전에 나는 부랴부랴 '춤'
버튼을 교수님에게 선물했다. 동전만한 버튼을 받아들고 활짝 웃으
며 이리 보고 저리 보고 하던 할아버지 교수님의 표정을 잊을 수가
없다.

　손 닿지 않는 곳에 달린 잎사귀를 바라보기만 하던 순간이 당
연한 듯 찾아올 때면 나는 늘 한발 늦게 놀라고 감사했다. 매 순간
베를린은 이렇게 나의 상상을 현실로 바꾸어주고 있다. 이번엔 어떤
상상을 해볼까. 그러면 또 어떤 현실이 펼쳐질까.

너는 꽃 나는 나비

관계로 인해 기분 좋지 않은 일이 있었다. 두 시간가량 휴대폰을 붙잡고 씨름을 하다가 집을 박차고 나와버렸다. 낮에 오던 비가 그치자 손가락 사이사이로 후끈함이 훅 밀려들었다가 빠져나갔다. 온 도시가 사이다 같은 공기를 머금고 있었다. 쪼리를 신었다. 쪼리는 어디를 가든 집 앞에 나가는 것처럼 가벼운 마음을 갖게 해주었다. 발등을 스치는 바람을 느끼고 싶었고 그 바람에 내 머릿속에 든 나쁜 기억들, 좋은 기억들이 구분할 것 없이 전부 다 빠져나갔으면 했다. 시원해지고 싶었다. 뒷목을 뻐근히 누르고 있는 생각들을 발가락 사이로 전부 내보내버리리라. 나무 사이에 끼어 있는 계란 같은 해를 등지고 쪼리를 타달타달 끌었다. S반에서 U반을 갈아타러 가는 길이었다. U반 지하철역 앞에서는 한 남자가 기타 연주를 준비하고 있었다. 저녁이라 사람들이 제법 많이 오갔고 기타 연주자 옆에는 한 남자가 자신의 여자에게 구름보다 부드러운 표정으로 목과 얼굴에 키스 세례를 하는 중이었다. 여자는 자신의 남자 외에는 아무도 보이지 않는 것 같은 표정으로 그 사랑을 담뿍 받아내고 있었다. 그런 광경을 제법 무심히 지나치고 도착한 지하철에 한쪽 발을 올리는 순간 버스커의 기타 연주가 시작됐다. 지하철 안으로 오른발이 자리를 잡았으나 나는 타지 못했다. 내가 제일 좋아하는 영화 〈바스키아〉의 엔딩곡 〈The Last Song I'll Ever Sing〉을 그가 불렀기 때문이다.

　노을은 노을이었다. 어떤 화려한 형용사도 멋들어진 명사도 어울리지 않는 그냥 노을. 해가 남긴 뜨거운 자국이었다. 서서 노래를 듣다가 하늘을 보니 그랬다. 손에 쥐고 있던 휴대폰은 화면의 숫자만 바뀔 뿐 아무 울림도 없었다. 울림이 있을 리도 없었다. '문명은 당신을 메스껍게 한다'는 고갱의 말이 우습게도 딱 어울렸다. 최소한 내가 지닌 문명에서만은 완전히 해방되어보자며 휴대폰을 가방 깊숙이 떨어뜨렸다. 하루종일 휴대폰 액정 아니면 컴퓨터 모니터를 3분에 한 번 꼴로 쳐다보지 않아도 오늘을 살 수 있는 게 여행이니까.

나이가 들수록 나를 스쳐가는 사람들이 늘어났다. 아무 일도 없이 지나쳐가는 사람들도 많았다. 오랜 시간 곁에 있다가 어느 순간 떠나고 없는 사람들도 생겼다. 언제까지나 함께할 줄 알았는데 그 믿음이 영원하지 않다는 걸 알게 해준 사람도 있었다. 새로운 만남에 들뜨고 사라지는 인연에 서글픈 시기가 찾아왔다. 죽이 너무나도 잘 맞아 나를 온전히 이해해줄 수 있는 사람은 너뿐이라며 모든 것을 함께 나누고 싶었던 친구와의 관계가 소원해졌을 때 이런 고민이 시작되었던 것 같다. 말도 안 되는 일 같고 그럴 수는 없을 것 같아 믿지 못했었다.

주는 만큼 받고 싶지만 꼭 그래야 할까. 받는 만큼 주고 싶지만 그러지 못할 때도 많다. 통하는 만큼만 소통하는 게 좋을까. 얘기하는 만큼 통할까. 나를 보여주는 만큼 이해받을 수 있을까. 난 너에 대해 얼마만큼 알고 싶을까. 내가 바라는 대답이 아니라고 해서 너의 대답에 진심이 담기지 않았을까. 관계에 등급과 기준이 있을까.

처음에는 '내 것'이 없어지는 것을 받아들이기 힘들었지만 차차 그 사람은 처음부터 '내 것'이 아니었다는 생각이 들었다. 알고 보면 '내 것'이라 할 수 있는 사람은 아무도 없을지도 모르겠다는 결론에 까지 이르렀다. 수천 송이의 꽃에 수천 마리의 나비가 옮겨다니는 것처럼 모두가 주어진 시간만큼 내 곁에 머무르다가, 혹은 내가 그들의 곁에 머무르다가 때가 되면 자연스레 옮겨가는 것. 그래서 결국 서로에게 머무르는 동안 불리는 모든 호칭들이 관계의 다른 말이 아닐까 싶다. 그렇다면 내 머릿속을 복잡하게 꼬아대는 이 사람들을 나는 도대체 어떻게 대해야 하는 걸까. 답이 나오지 않을 무렵, 현재의 일들과 관계들로부터 잠시 떨어져 멀리서 보고 싶었다. 예전엔 이런 게 내가 여행을 떠나려는 이유 중 하나가 될 줄은 미처 몰랐다.

슈프레 강이 뭐라고

우연히 좋아하는 노래를 들었더니 기분이 한결 나아졌다. 괜스레 슈프레 강변에 있는 카페에 가서 따뜻한 커피를 한잔하며 생각에 잠기고 싶은 마음이 간절해졌다. 나름 영특하게 움직였다고 생각했는데 불행히도 강변에는 내가 원하는 분위기의 카페가 없었다. 서울처럼 한강변을 따라 멋지고 아기자기한 카페들이 줄지어 있어 고르기만 하면 되는 줄 알았는데 그곳은 베를린이었다.

아늑하게 생긴 카페만을 찾아 정처 없이 40분을 걸었다. 카페

는커녕 강변에 난 길도 막다른 길이 되어 공사판이 나타나고 자동차 도로가 이어졌다. 분명 강을 따라 걷고 있었는데 길이 갈라지면서 슈프레 강마저 보이지 않았다. 쪼리 탓에 다리는 자꾸만 쑤셔오고 춥기까지 해서 손가락도 얼었다. 드물게 지나가는 흑인들이 내게 툭툭 말을 걸며 놀리는 바람에 겁이 나기 시작했다.

설상가상으로 아침부터 겁을 주던 하늘이 드디어 비를 뿌리기 시작했다. 우연처럼 좋아하는 노래와 함께 시작한 막무가내 지하철 여정이 급기야 무서워졌다. 구글 맵스를 확인하니 50분을 더 걸어야 다음 지하철역이 나온다고 표시되어 있었다. 빗줄기는 더 굵어졌다. 우산은 없고 갈 길은 멀고 택시도 잘 다니지 않는 그 길에서 내가 할 수 있는 것은 뒤로든 앞으로든 계속 걷는 것밖에 없었다. 이 빗속에서 한 시간 가량을 말이다. 그런데 우습게도 '여행'이라는 단어 하나로 비쯤은 맞아도 좋다는 마음이 불쑥 들었다. 마냥 걷다보면 다른 것을 할 도리가 없어서 별수없이 생각이란 걸 하게 될 때가 있는데 의도치 않게 적어도 두 시간은 생각할 시간을 갖게 된 것이다.

관계에 대한 생각을 하다보면 결국 보기 싫었던, 조금은 창피한 내 모습과도 마주하게 되어 있다. 사실 나는 '혼자'라는 외로움에서 발버둥치기 일쑤였다. 그 외로움에서 벗어나는 방법은 성공이라 생각했고, 성공하는 수밖에 없다는 다짐은 나를 도리어 외롭게 가두었다. 알면서도 고집 세게 외로워지는 길을 자초하고 있었던 나를 그제야 빗속을 걷다가 보게 되었다. 나를 외롭게 내몰았던 것들이 무엇인지 제대로 알아야 했다. 결국 모든 게 내 탓이 되고 나니 집을 나오기 전에 친구와 메시지로 싸운 것은 싸울 일도 아니었다.

비를 쫄딱 맞으며 U반 역에 도착했고 얄미운 비는 그제야 그쳤다. 처량하게 하루를 마감하는 것이 억울했지만 지하철역에 다행히도 문을 닫지 않은 터키 음식점이 있어서 따뜻한 커피를 살 수 있었다. 휘핑크림이 가득 올라간 달달한 커피 대신 그나마 우유가 섞인 라테마키아토가 최선의 선택이었다. 몸이 오돌오돌 떨리는 와중에 검은 수면이라도 보고 싶어서 커피를 가지고 테라스에 앉았다. 슈프레 강이 뭐라고. 따뜻함을 목구멍으로 넘기면서 강과 늘어진 나무를 보고 있자니 금세 평온해졌다. 참 얄팍한 정신이다.

그러고 보니 돌아가기까지 일주일 정도밖에 남지 않았다. 탕탕탕, 저기 저 지하철 문에 기대어 서서 열쇠로 맥주병 뚜껑을 따고 쭈욱 들이켜는 아저씨가 이제야 좀 익숙해졌는데.

오늘 하루도 잘 썼습니다

스테판이 과제 준비로 스트레스를 많이 받는가보다. 아침에 일어나서 보는 그의 얼굴 중 가장 퀭했다. 미안하지만 그 얼굴을 보고 아침 인사도 하기 전에 엄청 웃어버렸다. 오늘은 스테판의 집에 머무는 마지막날이라 아침부터 닷새나 몸을 비비며 정든 담요와 소파를 정리했다.

스테판은 과제로 사진을 찍는데 내게 모델이 되어달라고 부탁

했다. 우린 엄연한 '친구'인데 그 정도는 당연히 해줄 수 있지! 그에게 프로젝트에 대한 설명을 듣긴 했지만 어려운 단어가 많아 반은 이해하고 반은 이해하지 못했다. 하지만 우리는 어떤 느낌의 사진을 원하는지 충분히 알 수 있었다. 잡초가 무성한 길 끝의 공터에서 5미터는 될 것 같은 커다란 비닐을 붙잡고 바람에 몸을 맡긴 채 서 있었고 그가 나를 찍었다. 무려 한 시간 동안 비닐과 함께했고 근사한 포트레이트를 얻을 수 있었다. 사진을 찍는 내내 나는 진심으로 즐거워 웃었고 자유로웠다.

떠나기 전 소파에 앉아 방을 둘러보았다. 스테판의 넓은 방엔 책상, 침대, 소파 그리고 직접 만든 책꽂이와 테이블이 전부였다. 옷이나 속옷은 도대체 어디에 수납해두었는지 모르겠다. 사람이 심플해서 그런가, 방도 심플함 그 자체였다. 스테판은 방으로 그런 간결한 삶의 일부를 보여주고 있었다. 오늘 오후 이사를 간다 해도 전혀 무리 없을 것 같은 방이었다.

'행복해지기는 간단하다. 다만 간단해지기가 어려울 뿐'이라는 에카르트 폰 히르슈하우젠의 말이 떠오른다. 나중에 행복하고 싶다면 지금도 행복해야 한다고 생각하는 한 사람으로서 그의 생활방식은 배울 만했다. 알고 지내는 소설가는 '빌려 쓰는 삶'에 대해 이야기하기도 했다. 하루하루를 빌려 쓰는 심정으로 보내면 인생은 담백해지고 바라는 건 소박해지고 일상은 간결해진다. 소유에 대한 집착이 줄고, 상실에 대한 안타까움도 준다. 이 물건 저 물건에 욕심낼 필요

도 없고 그저 오늘 하루의 행복에 최선을 다하면 된다. 미소 짓는 1분 1초가 젤리처럼 뭉쳐져서 찐득하고도 알록달록한 세월을 만들어줄 것이고 그런 하루가 모여 내 인생의 색깔이 될 터이다. 나중에 많은 것을 가지기 위해서 지금 많은 것을 포기하며 분투하는 시간을 회상하게 된다면 그 시간은 무슨 색깔일까. 그러니 스테판의 '행복하고 싶다'는 간단한 바람에 의해 더 배우고 더 놀고 더 오래 고민하는 건 시간을 낭비하는 게 아니었다.

별 가구가 없어 휑하다시피 한 방이었지만 그래도 따뜻했다. 그리고 그와 베란다의 해먹에 앉아 있으면 별다른 대화 없이도 편안했다. 오늘 하루도 나는 스테판의 집에서 잘 엉겨붙어 있었고 잘 돌려주었다. 이제 또다른 누군가의 삶에 기어들어갈 것이다. 그리고 다시 내 하루를 따뜻하게 데웠다가 돌려주어야지.

249
FOTO STUDIO-L
Bewerbungs
RENT A BIKE
← ASK IN SHOP →
One Day -10€
ABANG

Oldtimer Ersatzteile

2. Hof 3. Stock

Mo - Fr 10 - 14 Uhr

pille

58

ABANGS

페 임 시 티

U5 라인의 자마리타스트라쎄 역에 내려 스테판의 집에 가는 길에서 발견했다. 외관부터 그래피티로 휘황찬란하다. 온통 문신을 하고 피어싱을 여러 개한 남자 몇 명이 문 앞에서 담배를 피우고 있는 그런 분위기다. 뭐하는 곳인가 했더니 그래피티와 관련된 그림이나 점퍼, 신발과 잡지 등을 파는 곳이었다. 이곳의 메인은 스프레이였다. 백 가지도 넘어 보이는 알록달록한 스프레이들이 색깔에 맞춰 사방에 정렬되어 있는 것을 보면 약간 기가 눌릴지도 모른다. 스프레이를 쓸 일이 없는 나는 점원의 친절한 설명을 애써 외면하고 화려한 그래피티만 뚫어져라 쳐다보았다.

Fame City
Samariterstraße 5, 10247 Berlin

모듈러

펜과 같은 문구용품부터 건축자재, 공업용품까지 없는 것이 없는 곳. 화방이라고는 하지만 종이 냄새 풀풀 나는 화방은 아니다. 화방이라기보다는 잡동사니 파는 곳이라고 해야 더 어울린다. 조명과 가구까지 팔고 있었으니 말이다. 게다가 층고가 높고 환해서 잡동사니 마트 같은 느낌. 그만큼 건물은 아주 넓어 한번에 둘러보기는 무리다. 각 층마다 안내데스크와 지도가 있고 계산은 1층에서 한꺼번에 하면 된다. 나는 예쁜 패턴이 재질별, 사이즈별로 인쇄된 종이 코너와 무늬가 화려한 테이프 앞에서 한참을 서성였다. 우리나라보다 비싼 편이었지만 종류는 다양했고 많기도 많았다. 지하에는 작은 서점도 있는데 주로 디자인 서적과 그림책, 예술 관련 책이 비치되어 있다. 여행만 아니었다면 예쁜 종이들을 한아름 사서 뭐라도 했을 텐데.

Modulor
prinzenstraße 85, 10969 Berlin

퀸스틀러마가진

미술에 관련된 용품을 파는 화방으로 각종 종이부터 물감의 종류가 어마어
마하다. 다양한 상품이 있지는 않고 주로 종이와 물감에 집중되어 있어 사고
자 하는 대상이 분명할 때 들르면 좋다.

Küenstlermagazine
Kastanienallee 33, 10435 Berlin

투카두

독특한 액세서리 재료들을 직접 골라서 팔찌나 목걸이 등을 만드는 가게. 나는 북극곰이 서커스를 하는 콘셉트의 팔찌를 만들었다. 그땐 신이 나서 몰랐는데 나중에 생각해보니 재료비와 수공비로 3만 원 가까이 지불했다. 막상 만들고 나니 어디서 만 원에 내놓아도 안 샀을 것처럼 생겼는데 내가 직접 구슬들을 골랐다는 이유로 일주일 정도는 매일같이 하고 다녔다. 어쨌든 그곳에서 파는 특이한 재료와 직접 만들어놓은 장신구들은 동대문 액세서리 코너에서 찾아볼 수 없는 것이며 예술에 가깝다.

Tukadu
Rosenthaler Straße 46, 10178 Berlin

？！

각종 디자인 관련 서적과 잡지가 빼곡한 서점이다. 매력을 한껏 발산하는 표지들이 쭉 진열되어 있어 뭐부터 집어들어야 할지 고민된다. 그중 『TIP』과 『Zitty』는 얇은 동네 잡지로, 베를린 내의 문화 행사나 여러 이벤트에 관심이 많다면 눈여겨봐야 한단다.

?!
Auguststraße 28, 10117 Berlin

에르츠게비르게스쿤스트 오리지널

진녹색 창문 프레임 안에서 작은 장난감 병정들이 인사하고 있었다. 문을 열고 들어서니 그야말로 동화 속 환상의 세계였다. 에르츠게비르게라는 이름을 가진 이 목각인형들은 독일 에르츠 산맥의 자이펜 마을에서 만들어지는 특산품이다. 마을 대부분의 사람들이 목각인형을 만들고 '크리스마스 원더랜드'로 잘 알려진 상품이라고 한다. 셀 수 없이 많은 크고 작은 인형들 중에 똑같은 인형은 하나도 없었다. 같은 얼굴이어도 동작이 달랐고, 들고 있는 소품이 달랐다. 이 사랑스러운 인형들의 세상에선 언제든 크리스마스를 느낄 수 있을 것 같다.

Erzgebirgskunst Original
Friedrichstraße 194–199, 10117 Berlin

DAVID / 열정이 넘치는 당신

한 가지를 미치도록 사랑하는 사람은 빛난다

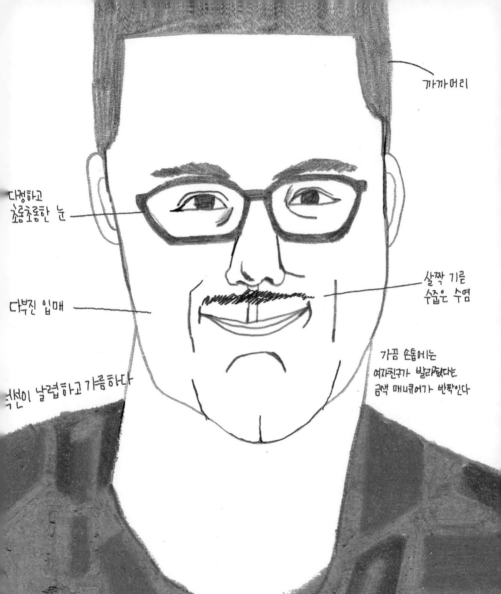

까까머리

다정하고
초롱초롱한 눈

살짝 기른
수줍은 수염

다부진 입매

가끔 손톱에는
여자친구가 발라줬다는
금색 매니큐어가 반짝인다

턱선이 날렵하고 갸름하다

DAVID

예술 그 자체인 집

정아 언니네 집에 도착했다. 이 집엔 사진을 전공하는 다빗과 정아 언니, 순수미술을 전공하는 닐스 이렇게 셋이서 플랫을 함께 쓰고 있단다. 이제 갓 스무 살을 넘긴 다빗과 닐스가 같이 살게되면서 작업실로 쓰던 큰방을 언니가 몇 개월간 빌려 쓰는 것이라고 했다. 사진과 그림이라니! 듣기만 해도 가슴이 콩닥거렸다.

현관문에 들어섰다. 재미와 놀라움을 넘어 그 자체로 예술이었다. 이게 집이야? 아티스틱한 친구 둘이 살고 있던 집이라 그런지 깨끗한 벽을 찾기 힘들었다. 싱크대 문짝이며 구석진 창틀과 천장에까지 그들의 그림과 사진이 빼곡히 붙어 있었다. 특히 닐스의 방은 작업실에 가까웠는데 재료와 소품들이 거칠게 흩어져 있었고 여기저기서 마른 물감 냄새가 풀풀 풍겼다. 언젯적 물감인지 색이 바래 겹겹이 굳은 흔적이 가득한 카펫 위로 햇빛이 부드럽게 떨어지고 있었다. 거실엔 어울리지도 않게 앤티크한 소파와 테이블이 있었고 꽃병엔 공작 깃털이 서른 개 정도 꽂혀 있었다. 아주 우아했다. 이렇게 재밌는 집에 오지 않았더라면 정말 섭섭했을 뻔했다. 자유분방한 히피 스타일의 피터네 집과는 또다른 젊음과 열정을 숨기지 않고 드러낸 원초적인 느낌의 집이랄까. 정말 사람 사는 집이라기보다 예술에 가까웠다.

내가 도착했을 때 다빗은 방에서 사진을 찍고 있었다. 삼각대에 올려진 렌즈 큰 카메라에 집중한 다빗의 차림새에 좀 놀랐다. 흰 민소매가 가슴 밑으로는 길게 주욱주욱 찢어져 살이 많이 드러나는 난해한 옷이었다. 그리고 하얀색 스키니진을 입고 있었다. 과감한 패션이었고 멋있었다. 그에게 뭘 하냐고 물었더니 공기가 흔들릴까봐 아주 조용하게 식물을 찍는 중이라고 들릴 듯 말 듯 대답했다. 더는 물어보지 않았지만 프로젝트의 콘셉트와 분위기에 맞게 옷까지 갖춰 입고 촬영에 임하는 것이 분명했다. 온몸과 마음을 작업에 쏟아붓는 시간. 비록 그것이 과제에 불과하더라도 그에게는 프로 사진작가 못지않은 자존심이 있었다. 다빗은 그야말로 열정의 청춘이라는 수식어가 딱 어울리는 친구였다.

이제 스물한 살인 다빗은 얘기를 나눌 땐 어쩜 그리 친근하고 밝은지 넘치는 감정들을 숨기지 못하고 손끝의 제스처로, 다정한 눈빛으로, 어깨의 움직임으로, 세세히 드러내는 것이 솔직해서 좋았다. 정아 언니와 다빗은 각자 매일 아침을 한 장씩 찍는 프로젝트를 함께 한다고 했다.

"매일매일은 나에게 소중해. 그리고 아침은 늘 우리에게 다가와. 왜냐하면 매일 잠에서 깨니까. 결과물에 대한 규칙 같은 건 없어. 어떤 카메라를 쓰든지 어떤 형식을 쓰든지 어떤 사이즈이든지."

"얼마나 계속하는 거야?"

"1년."

"1년이나 걸려? 오래 걸리네."

몇 달 후면 한국으로 돌아갈 정아 언니를 생각하니 1년이란 시간은 무언가를 함께 해나가기에 꽤 길다고 느껴졌다. 몸이 떨어져 있

는 동안 프로젝트가 어떻게 이어질지 궁금하기도 했고 잘 마무리될 것인지 걱정도 됐다. 내가 궁금해하는 걸 알았을까. 다빗이 다정하게 얘기해주었다.

"1년은 나에게 긴 시간이 아니야. 아주 짧지 않아? 난 평생 사진을 찍을 거니까, 이건 시작일 뿐이야."

으흠. 그렇게 들으니 당연한 말이고 맞는 말이었다. 사실 당장 이루어질 일이 아니면 그 과정에 지레 겁이 나서 성큼 시작하지 못할 때가 많은데 내 경우에는 유학이 그랬다. 갖가지 이유를 갖다붙이며 고작 1년 툭 잘라내는 것을 두려워했다. 유학을 고민할 때 6년차 직장인인 친구가 내게 해줬던 말이 있다.

―그 시간은 길면 길고 짧다면 짧겠지만 분명히 네 인생을 흔들 만큼 어마어마한 1년이 될 거야. 우리 70년은 더 살아야 하잖아. 그깟 1년 쿨하게 갔다 와. 하고 싶은 것 하면서 재밌게 살자! 잘될 거야.

판도라의 상자는 시도 때도 없이 찾아왔다. 앞에 있는 그 상자를 열지 말지 고민하는 순간은 누구에게나 찾아오고 또 누구나 그 상자를 열어볼 수 있다. 상자에서 무엇이 나올지는 그 누구도 모르지만, 그것을 자기 인생을 흔들 만큼의 커다란 자극과 활기로 바꾸는 건 각자의 몫이 아닐까. 누구나 판도라의 상자 속 고통과 절망을 새로운 전환점과 기회로 삼을 수 있고 따라나온 희망을 내 차지로 만들 수도 있다. 결과적으로 중요한 것은 상자를 잘 고르는 게 아니라 내용물을 잘 이용하는 데 달린 것이다. 다빗도 나도 이제 막 인생을 내걸 진짜 상자를 열었다. 그가 십 년 후 사진을 찍고 있지 않는다 해도 저 초롱초롱하고 다부진 눈빛은 변함없을 것 같다.

김치와 만두를 좋아하는 다빗 덕에 늦은 밤 우리는 김치전을 열 장은 부쳐 먹었다. 작은 티 테이블을 방과 주방 사이, 현관 앞 애매한 곳에 두고 김치전과 맥주로 배를 채우면서 도란도란한 시간을 나누었다. 자정이 넘어 한참 이야기가 무르익을 때쯤 닐스와 여자친구가 집에 왔다. 둘은 거침없고 발랄했다. 특히 닐스 커플은 독일에서 만난 친구들 중 유일하게 그들의 나이보다 어려 보이는 이들이었는데 너무 시원스럽고 호탕해 오히려 내가 그들보다 어리게 느껴질 정도였다.

잠자러 들어가기 전 잠시 보았던 닐스의 방은 물감 자국으로 꽉 차 발 디딜 틈도 없었다. 방에서 새어나오는 음악. 음악에 맞춰 춤을 추고 있는 커플. 속옷 바람. 문을 화알짝 열어놓은 채로.

불꽃이 튀었던 순간을 놓치지 마

민이 점심으로 족발을 먹자고 했다. 독일에서 맥주와 함께 빠질 수 없는 메뉴가 족발이라지. 생각해보니 귀에 딱지가 앉도록 들었던 독일 족발집을 아직 가보지 못했다.

우리는 족발로 동그래진 배를 두드리며 우데카 도서관으로 갔다. 특별히 학생증 따위가 없어도 출입이 가능한 학교 도서관이었다.

도서관에는 한 학기의 막바지 전시와 과제를 위해 공부하는 학생들로 북적였다. 넓고 높은 내부는 노출 콘크리트로 디자인되어 있었다.

스테판이 학교에 있을까 해서 그에게 뭐하냐는 문자를 보내고서야 생각났다. 약속이 있다고 말했던 것을. 그래도 답장을 기다리며 도서관 꼭대기 층에서 천천히 미술 서적을 구경했다. 빽빽이 꽂힌 책들의 범위가 워낙 방대해서 선뜻 한 권을 집어들 용기가 나지 않았다. 서성이기만을 몇 분. 코너에서 바스키아에 관한 책을 열 권이나 찾았다. 스테판에게선 역시나 친구를 만난다는 답장이 왔고 나는 오히려 잘됐다며 바닥에 앉아 바스키아 작품집을 쌓아놓고 보고 또 보았다. 이 사람 미치지 않고서는 어떻게 이렇게 그릴 수 있지? 마약 때문이라고 믿고 싶진 않다. 차림새하며 눈빛을 봐. 보통 사람이 아니잖아.

내가 대학생 때 입에 달고 다녔던 말은 '미치고 싶다'였다. 그땐 정확히 어떻게, 무엇에 미치고 싶은지 몰랐지만 그저 속을 간질이고 있는 무언가를 분출하고 싶은 마음을 그렇게 표현했던 것 같다. 마음 깊은 곳에 있는 불구덩이 같은 것을 꺼내 활활 타오르게 하고 싶었다. 하지만 그 불씨로 태워버릴 대상이 없으니 답답하기만 했다. 그렇게 그후로 몇 년이 흐르고 그저 취미로만 삼고 있었던 그림을 보던 도중 불꽃이 튀었던 순간이 있었다. 그때부터였다. '이거 정말 미쳐보고 싶군' 하고 생각하게 된 것이.

사진 찍는 다빗도 그렇겠지? 다빗 눈빛도 반짝였으니까. 프로젝

트 얘기를 할 때 오물거리는 입이 살아 움직였으니까. 그가 어느 정
도 미치지 않았다면 집을 사진으로 빈틈없이 뒤덮을 리가 없지. 하
나에 몰두할 때 눈빛이 광기로 번뜩이고 심장이 쿵쾅쿵쾅 뛰는 것을
경험한 사람이라면 미친다는 표현에 동의하지 않을까 싶다. 그리고
그것이 내 삶을 이끄는 원천임에 틀림없다.

꽃향기 나는 밤

길거리에 널린 빨간 지붕의 딸기 가게에서 딸기 한 팩을 사들고 돌아
왔다. 까르보나라 스파게티를 제일 좋아했던 다빗은 김치를 먹어본
후로는 김치가 제일 좋다고 했다. 모든 음식을 앞접시로 가져가 김치
찢듯 젓가락으로 찢어먹는 그의 젓가락질은 나보다 나았다.

정아 언니와 나는 술 취향도 음악 취향도 비슷했다. 달빛이 감
도는 희끄무레한 노래들을 틀어놓고 보드카를 곁들이며 떠들었다.

그리고 새벽 세시.
"꽃향기 맡으러 갈래?"

1층 입구의 커다란 문을 여는 순간 정말 거짓말처럼 꽃향기가
후욱 퍼졌다. 무슨 환상의 세계로 들어가는 것처럼. 반한다 정말. 마
침 보름달이 뜬 날이었다. 가로등도 꺼진 까만 밤, 먹이 번진 듯한 하

늘의 실루엣은 정말 아름다웠다. 집 앞에 있는 5층 높이의 커다란 나무가 향기를 내뿜어 나를 아찔하게 했다. 하늘이 맑은지 가깝게 총총 떠 있는 별들이 하나하나 느껴졌다. 넓은 거리를 휘엉휘엉 걸으니 여기가 베를린인지 지리산인지 모르겠고 아스팔트 바닥도 그렇게 푹신할 수가 없었다. 꽃향기에 취했는지 우리의 발걸음에 우아함 따위는 없었다. 깊은 새벽이 우리를 있는 모습 그대로 놓아주었다.

이 어릿어릿한 장면과 잠이 들 듯 말 듯한 내 귀에 남아 있는 독일어 발음, 그리고 술잔 부딪치는 수줍은 소리와 꽃향기로 다빗의 집이 기억될 것 같다.

세상의 소리들이 살아났다. 주변이 밝아질수록 속도가 생겨났다. 원초적 아름다움을 담은 라이언 맥긴리의 사진만큼이나 본능적이고도 싱그러웠던 다빗의 집에서의 짧았던 머무름. 이들과 함께했던 며칠의 꿈 같은 기억들이 나중에는 내 빛깔에 향기를 더해줄 것이다.

ADRIEN / 뭐든지 오케이인 당신

긍정은 모든 것을 아우른다

가늘고 하늘거리는 단발이
꼭 여고생 같다

프랑스인 중에서도
짙은 머리색을 가진
종족(?)이라고

늘 웃고 있는
서글서글한 반달눈

얼굴이 쪼그맣다

초록색을 좋아해
소파도 초록색!

ADRIEN

어느 별에서 왔니

노이쾰른에 도착해서 가장 먼저 나를 재워주기로 했지만 비행기 파
업으로 파리에서 돌아오지 못하는 바람에 일정을 펑크냈었던 바로
그 아드리앙. 민의 집에 묵을 때, 그는 펑크를 내게 돼서 미안하다며
전화로 뭔 말을 엄청 빠르게 해댔다. 나는 한마디도 알아듣지 못했
고 그가 독일인인 줄 알았기에 그나마 독일어를 조금 배운 민에게 전
화를 바꿔주었다. 아드리앙은 독일어를 못한다며 옆에 있던 그의 독
일인 친구를 바꿔주었다. 독일인 친구는 유창하게 우리에게 아드리앙
의 말을 다시 전해주었지만 너무 유창했던 독일어를 못 알아들은 민
은 당황하며 다시 내게 전화기를 넘겼던 웃지 못할 해프닝이 있었다.

　　그는 싱글싱글 커다란 눈웃음을 가진 프랑스인이었다. 짙은갈
색, 꼽슬거리는 단발머리가 제멋대로 헝클어져 있었다. 나와 동갑이
었고 웃는 눈빛이 하도 예쁘고 친근해서 첫 대면부터 꼭 단짝 여자
친구 같았다. 아드리앙은 거실 하나와 침실 하나가 있는 큰 집에 혼
자 살고 있었다. 이때까지 보았던 복닥거리는 플랫에 비해 넓고 환한
것이 아주 쾌적한 편이었다. 게다가 월세는 무려 700유로라고 했다.
내가 만난 호스트 중 혼자서 가장 많은 월세를 내고 사는 사람이었
다. 700유로라니! 그 많은 돈을 부담하면서 살려면 힘들지 않아? 아
드리앙은 웃으며, 예전에 살았던 핀란드의 집에 비해서는 싼 편이고
파리의 집과 비교하면 절반 정도밖에 안 되는 가격이라며 그 돈이 꼭
아무것도 아닌 것처럼 얘기했다. 그리고 그는 내가 무슨 말을 하든

"잇츠 오케이", "아이 해브 노 아이디어"라고 대답을 했다. 그래서 난 아드리앙이야말로 천상 예술가라고 확신했다. 직업란에는 구체적인 직업이 적혀 있지 않았지만 자기소개에서 풍기는 뉘앙스를 봐서는 일상에 치여 가끔은 야근도 하고 상사 욕을 밥 먹듯 해대는 회사원처럼 보이진 않았다. 사진작가일까, 페인터일까, 백수일지도 몰라! 그는 도대체 어떤 예술을 하는 사람일까. 너무 궁금하던 차였는데 월세를 700유로씩이나 내며 산다니 배고픈 예술가는 아닌 게 분명했다. 아니면 부모님이 부자인 걸까.

아드리앙은 수다쟁이였다. 가장 많이 하는 말은 "잇츠 오케이"였고 입과 눈이 처지는 걸 웬만해선 보지 못했다. 어떤 주제에도 살짝 들뜬 목소리 톤을 일관했고 쉴새없이 조잘거렸다. 나는 결국 궁금함을 참지 못하고 직업이 뭐냐고 물어보았다. 돌아온 대답은 내 예상을 완전히 빗나갔다. 이때까지 내 상상을 뒤엎었던 이들 중 배신감을 가장 크게 안겨준 사람이랄까. 그는 노키아에서 시스템과 프로그램을 연구하는 일을 하고 있었다. 심지어 전공은 IT. 내가 놀란 이유는 그가 IT를 전공하고 노키아에서 일한다는 사실 때문이 아니라 그런 세계적인 기업에서 일하는 사람이 저런 얼굴을 하고 있다는 것이었다. 사람 보는 눈썰미가 예리하다고 자부하는 내가 감쪽같이 속았다니. 베를린에 와서 도대체 몇 번이나 나의 예상이 빗나가고 있는 걸까.

"생각보다 예술적이지 않은 전공이지? 난 컴퓨터를 쓰면서도 좀 더 창의적인 일을 하고 싶어서 일자리를 많이 찾아봤지만 쉽지 않더라고. 어쨌든 앞으로 더 창의적인 일을 할 거야. 하지만 지금 있는 노키아는 내가 도시를 옮겨다니면서 살아도 계속 일을 할 수 있다는 점이 좋아. 출퇴근시간도 자유롭고 말이야."

맙소사. 들어도 뭐가 뭔지 모르겠는 컴퓨터와 시스템을 이야기하고 있는 아드리앙의 목소리는 아까와 같이 상냥했고 얼굴 역시 웃고 있었다. 그의 집에 다녀간 카우치 서퍼는 대략 60명 정도 된다고 했다. 끊임없이 싱글벙글 웃으면서 이런저런 에피소드를 꺼내놓았다. 한번은 집에 온 남자가 머무는 내내 알몸으로 돌아다녀서 당황했다며 웃었다. 그리고 매번 말끝마다 "잇츠 오케이"라며 어깨를 으쓱했다. 과연 베테랑 호스트였다.

거실에 널찍한 소파베드 두 개 중 맘에 드는 것을 쓰라고 했다. 나는 두 개를 다 쓰겠다고 했고 아드리앙은 좋을 대로 하라며 거실을 내가 편하게 쓸 수 있도록 배려해주었다.

엎어지면 코 닿을 거리에 자기가 좋아하는 바가 하나 있는데 마침 공연이 있는 날이니 같이 가자고 한다. 라틴계 사람들이 많이 들르는 가게에서는 사람들이 주로 스페인어를 썼다. 아드리앙은 브라질을 비롯한 남미에서도 몇 년 살았기에 스페인어도 곧잘 했다. 오늘의 공연은 삼바! 작은 체구의 브라질 아저씨가 보컬이었는데 그의 소울과 카리스마는 생생했다. 아드리앙도 바의 손님들도 입가에 미소를 띠고 살짝살짝 리듬을 타고 있었다.

아드리앙이 골목 가이드를 해준다기에 잔말 없이 따라다녔다.

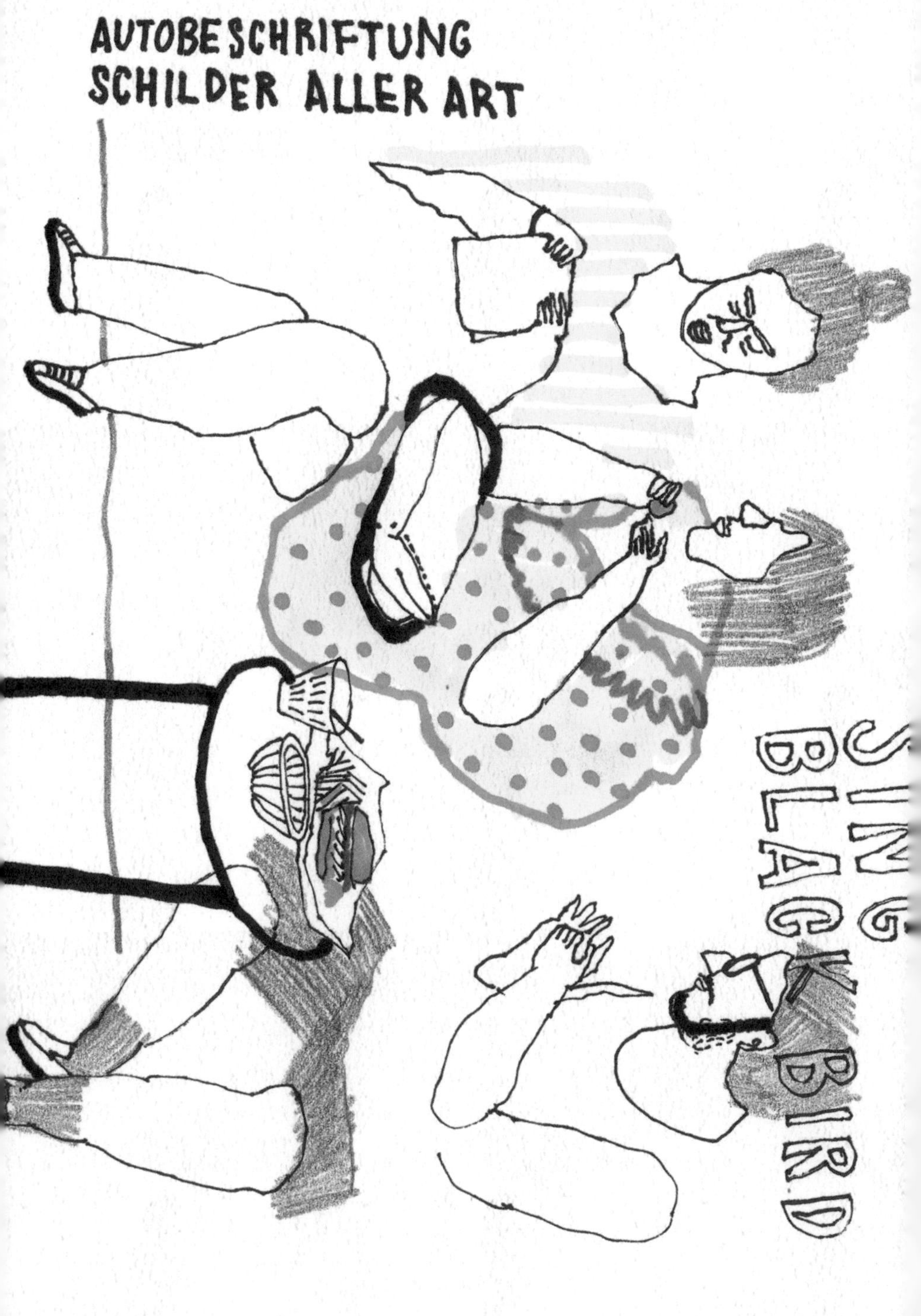
AUTOBESCHRIFTUNG
SCHILDER ALLER ART
SING
BLACKBIRD

내가 오면 동네의 오래된 카페에 데려가줄 수 있다고 메일로도 얘기했던 이였다. 자기가 사랑하는 동네에 대해 아무것도 모를 이 외국인 소녀에게 얼마나 보여주고 싶은 것들이 많을까. 자정이 다 되어가는 시각, 골목마다 흥겨운 음악이 흘러나오는 바와 카페를 지나치며 와플이 맛있는 곳, 헌책을 파는 곳, 이상하고 난해한 장난감을 파는 가게 등 문 닫은 가게 앞에서도 친절하게 설명까지 곁들여주었다. 더불어 내가 낮에 어디에 가면 좋을지도 조곤조곤 일러주었다.

함께 걷는 동안 끊임없이 이야기를 했고 이야기를 들었다. 아드리앙은 핀란드에서도 몇 년 동안 산 적이 있다고 했다. 핀란드는 겨울에 엄청 춥다기에 내가 으으으 고개를 흔들자 역시나 웃으면서 말한다.

"춥지만 괜찮아. 항상 스키를 탈 수 있고 사우나가 많아서 추울 땐 사우나에 가면 돼. 잇츠 오케이!"

다른 것보다 춥고 더운 것에 민감해 날씨 불평이 잦은 나는 사뭇 감동받았다. 뭘 감동씩이나, 할지도 모르겠지만 그의 말 한마디 한마디가 나에겐 진심으로 감동의 물결이었다. 나는 평소에 얼마나 사소한 것에까지 불평하며 살았는가. 너무 일상적이라 그 정도의 투덜거림은 불평도 아니라고 생각했는지도 몰랐던 것 같다. 도대체 무엇이 아드리앙을 이렇게나 긍정적으로 만들었을까.

그는 자기 전, 나에게 침낭을 갖다주었다. 0도에서도 견딜 수 있는 침낭이라며. 아드리앙은 달콤한 인사를 남기고는 침실로 쏙 들어갔고 나는 침낭으로 쏙 들어갔다. 폭신한 침낭 속에서 조금 전까지 웃으며 인사하던 아드리앙을 떠올리니 새삼 여행이 무슨 이유에서든 좋고 어떤 형태로든 좋았다.

불평은 그만, 잇츠 오케이!

아드리앙은 채식주의자다. 집에 먹을 것이 채소밖에 없다며 걱정스런 낯빛으로 나를 보았다. 그다지 배가 고프지 않아서 괜찮다고 했더니 다행이라는 듯 웃으며 주방으로 들어갔다. 무언가를 만드는지 보글보글 또각또각 요리하는 소리가 들린다. 그 소리를 들으며 소파에 파묻힌 채 일정을 정리하며 기다렸다. 내어온 접시에는 작은 콩같이 생긴 곡물과 파를 푸욱 삶은 정말 간단한 요리가 담겨 있었다. 곡물의 정체는 메밀이었다. 나는 접시를 들고 한참을 키득거렸다. 메밀이라는 단어의 어감이 난데없이 웃기기도 했지만 메밀이라 하면 엄마의 손을 거쳐야만 요리가 가능한 재료인 줄로만 알았기에 평소에도 메밀을 이렇게 접시에 담아 먹을 아드리앙을 상상하니 웃음이 멈추질 않았다. 채식하는 사람은 메밀만 가지고도 이렇게 간단히 한끼를 만들어 먹을 수 있었나보다. 사이드 디시로 나온 삶은 파는 아주 획기적이고 의외로 맛있어서 새로운 레시피를 얻은 기분이었다.

"아드리앙, 오늘은 좀 늦었네? 회사에선 어땠니?"
"오늘은 좀 바빴어. 회의하고 토론하고 아이디어 짜고 또 회의하고 토론하고. 하루종일 이런 식이었거든."

"피곤하겠다. 힘들었지?"

"괜찮아. 내가 좋아하는 일을 하니까."

"오늘 진짜 더웠지? 30도가 넘었대. 난 걸어다니질 못하겠더라."

"응. 그런데 우리 회사엔 아직 에어컨이 없어."

"세상에나."

"괜찮아. 선풍기가 있으니까. 그리고 창문 열면 바람이 들어와."

아드리앙에게 은근히 기대하고 있던 상사 욕과 업무에 대한 불만은 단 한마디도 나오지 않았다. 게다가 가만히 있어도 땀이 흐르는 날씨에 에어컨이 없는 사무실에서 일하는데도 선풍기가 있어서 괜찮다니. 아니, 그 세계적인 대기업에 에어컨 하나 없단 말이야? 서울에서 비행기를 타자마자 비행기에서 에어컨 하나 빨리 안 틀어준다고 불평을 쏟아놓았던 우리나라 아주머니들이 생각났다. 그리고 많은 업무에 항상 지쳐 있는 친구들의 얼굴, 그들과 나누었던 힘든 회사생활, 외로운 서울 살이, 쪼들리는 생활과 결혼 준비에 관한 대화들이 머릿속을 스쳐가며 씁쓸하기도 했다. 우린 같은 나이를 사는데 어떻게 아드리앙은 바빠도 즐거웠다 얘기하고, 더워도 괜찮다 하며 어깨를 으쓱할 수 있는 걸까. 아드리앙과 얘기하다보니 나는 행복을 위해 사는 사람이 아니라 지금 이 순간, 이미 행복한 사람이 되어 있었다.

그는 시끄러운 전자음악보다 라틴이나 프렌치, 재즈, 스윙을 좋아했다. 나 역시 그랬다. 거실에 스윙을 크게 틀어놓고 우리는 마음

껏 춤을 췄다. 팔과 고개를 마구 흔들다가 웃음이 터졌다. 밤이 깊어
갈수록 건너편 집의 3층, 5층 사람들이 큰 창가에 걸터앉아 별빛을
느끼고 있는 모습이 더 뚜렷해졌다. 비가 시원하게 내려주면 더없이
좋을 것 같았다.

홈리스에게 집이 있다?

민과 함께 슈니첼을 먹고 산책을 했다. 그녀나 나나 나무를 좋아해
서, 우리는 강가로 뻗은 버드나무를 보자마자 동시에 저거다! 하며
홀린 듯 나무를 향해 걸었다. 그곳엔 고전미가 돋보이는 붉은색 오버
바움 다리가 있었다. 오버바움 다리는 벽과 지붕이 있는 터널식 구조
물이었다. 그래서 마치 성처럼 옛날의 모습 그대를 하고 묵직하고 차
분하게 강을 내려다보고 있었다. 아낌없이 쏘아주는 햇빛 덕에 낙서
와 건물들, 나무와 거리, 걸어다니는 모든 사람이 황홀경을 만들었
다. 민은 이 근처에 일러스트 벽화가 그려진 멋진 건물을 보여주겠다
며 날 데려갔다. 그녀가 안내한 곳엔 어떤 유명한 작가가 아파트 외
벽과 연결되게 그려놓은 거대한 벽화가 있었다. 지는 해 때문인지 더
크고 멋져 보였다. 하지만 난 그 아래에 조그맣게 날려쓴 흔하디흔한
그래피티가 더 좋았다. 그리고 그 앞에는 그래피티인지 아닌지 구별
이 안 될 만큼 복잡하고 너저분한 옷가지들이 마구 널려 있었다. 텐
트가 있는 걸로 보아 집 없는 히피들이 사는 모양이었다. 숲길을 따

라 조금 더 안으로 들어갔다. 풀숲의 높이가 사람만해서 한 치 앞이 보이지 않았다. 어디에 있다 나오는 건지 몇몇 사람들이 자전거를 타고 줄줄이 숲에서 나왔다. 이상한 나라의 앨리스라도 된 것 같다. 구불구불한 길을 따라 들어가다보니 길 중간에서 약간은 지저분한 사람들이 둘러앉아 술을 마시고 있었다. 여전히 날이 너무 밝은 나머지 그때가 대낮이라고 착각했다.

'뭐야. 대낮부터 저렇게 술을 퍼마시고 있네.'

그들은 내 손에 들려 있는 카메라를 가리키며 독일어로 뭐라고 지껄였다. 무슨 말인지 몰랐다. 소리치는 그들이 살짝 무서웠지만 술주정이라 생각하고 무시했다. 더 걸어들어가자 강과 오버바움 다리가 한눈에 보이는 꽤 넓은 공터가 나왔다. 세상에! 여기저기 장작을 땐 흔적과 그을린 벽돌 화로들이 있었다. 이건 또 뭐람? 사람들이 모여 있는 커다란 천막은 딱 봐도 못 쓰는 천 조각들을 나무기둥에 이어붙여 만든 것이었다. 도대체 뭐지? 여기서 무슨 일이 벌어지고 있는 거지?

"민, 여기에 사람들이 사나봐."

우리는 입을 다물지 못했다. 천을 덕지덕지 이어붙여 만든 큰 천막, 그 앞에는 나뭇가지가 꽂혀 있었고 색색의 빨랫감이 주렁주렁 널려 있었다. 천막 옆으론 침대, 티브이, 서랍장, 쓰레기통, 선반, 소파까지 있었다. 지붕과 문, 벽만 없을 뿐 필요한 가구들은 모두 있었

고 그런대로 주방과 거실, 침실이 나뉘어 있는 게 확실히 집의 구조
였다. 중요한 것은 그 가구들이 전부 버려진 물건을 주워온 것이었
다. 선반은 마트에서 쓰는 카트로 만들어졌고 버려진 조명 갓은 거꾸
로 뒤집혀 풀이 심긴 화분이 되어 있었다. 거짓말처럼 예뻤다. 여긴
홈리스 촌이었던 것이다. 아까 술을 마시면서 나에게 독일어로 소리
쳤던 사람이 이번에는 자전거를 타고 한 손에는 라바콘을 입에다 대
고 "No, photo!"라고 소리치며 돌아다녔다. 주민이었나보다. 개인적
인 공간이라 촬영이 금지였던 모양이다.

사람들은 나중에 기억을 꺼내보기 위해 사진을 찍는다. 하지
만 그림은 그리기 위해 기억을 한다. 그래서 여행에서는 오히려 사진
보다 그림을 그림으로써 기억하는 것이 더 많을지도 모르겠다. 한 컷
재빨리 찍고 지나가는 사진보다 때로는 찬찬히, 꼼꼼히 눈으로 어루
만져야 그려지는 그림이 더 선명한 기억을 만들어주는 것 같다.

버려진 물건으로 예쁘고 센스 넘치게 꾸며놓은 홈리스 촌은 베
를린에서 본 것 중 둘째가라면 서러운 충격적인 곳이었다. 어쨌거나
홈리스에게도 이런 집이 있다. 게다가 프리미엄 조망권을 가진 곳에
말이다. 오버바움 다리와 슈프레 강 위로 쏟아지는 노을 덕에 경관은
더할 나위 없이 끝내줬다.

사람의 밀도

해가 늦게 지는 바람에 열시가 넘은 줄도 몰랐다. 서둘러 집으로 갔지만 퇴근 후 책을 읽고 있던 아드리앙과 맥주를 마시기 위해 곧바로 다시 나왔다. 잠이 쏟아지는데도 꾸역꾸역 겉옷을 걸쳤다. 아드리앙도 처음이라는 어느 바. 레몬맥주와 흑맥주를 한 잔씩 시켰다. 다방면으로 아는 것이 많은 아드리앙은 어느 주제를 꺼내도 대화가 술술 잘 통했다. 특히 음악과 미술, 영화에 관심이 많아 얘깃거리가 많았다. 팀버튼의 드로잉에 대해 이야기하다가 좋은 미술관 하나를 추천해주기도 했다. 왠지 그가 추천해주는 곳이라면 알아보지 않아도 내 마음에 들 것 같았다.

시간이 많이 흘렀다. 흘러나오는 음악이 탱고가 맞는지는 모르겠지만 기타 소리임은 분명했다. 기타줄의 팽팽한 흐름이 단조의 분위기를 타고 굴러다녔다. 아드리앙의 말소리가 멜로디와 함께 귓등에서 맴돌다가 툭 튕겨나갔다. 영어 단어들이 흩어졌고 조합하기 힘들었다. 결국 머릿속 스위치가 꺼지면서 나는 한국말을 지껄이기 시작했다. 그가 무슨 말을 하냐는 뜻으로 어깨를 들썩, 고개를 한번 갸우뚱했지만 나는 계속 우리말로 떠들었다. 뭔 말이라도 좋았다. 속시원히 말을 내뱉지 않으면 안 될 것 같았다. 적응력 빠른 우리의 아드리앙은 이내 불어로 받아쳤다. 촛불 앞에서 듣는 프랑스어는 미끄러지듯이 부드럽고 아늑했다.

"아, 오늘 정말 피곤하다. 눈이 너무 건조해."

"쌀라 쌀라 쌀라."

"그래, 아드리앙. 이제 며칠 안 남았어. 시간 참 빠르다. 그치? 너도 니네 나라 말로 하니까 더 편하지? 지금은 도저히 영어를 짜낼 수가 없네."

"쌀라 쌀라 쌀라 쌀라."

어두운 조명 아래라 그런지 속삭인다는 단어가 더 어울리는 것 같다. 각자의 언어로 속닥거리다보니 어느새 한 시간이 지나 있었다. 잔이 비었다. 한 잔씩을 더 주문해놓고 나는 드디어 가방에서 한 달 가까이 잠만 자던 드로잉북을 꺼냈다. 누군가와 함께 있을 때 수첩을 꺼내어 그림을 그리는 것이 부끄럽게도 너무 오랜만이었다. 드로잉이 너무 절실해졌을 때 베를린에서 하루종일 그림만 그릴 거라고 큰소리 뻥뻥 쳤는데 웃기는 소리였다. 52색 크레파스는 무거워서 가지고 다니지도 못했다. 펜은 시계 끈을 조절하느라 촉이 부러져 망가져버린 상태였다. 잉크가 잘 나오지도 않는 펜으로 앞에 앉은 아드리앙의 얼굴부터 그렸다. 그리고 순서대로 바 안의 사람들을 그렸다. 그는 그림 그리는 내 모습을 물끄러미 그리고 자세히 바라봐주었다. 그는 내가 버벅거리며 겨우 문장 하나를 만들어 물어보는 것에도 늘 웃으면서 대답해주었다.

"아방, 어제보다 영어가 늘었어."

"정말? 아직도 이렇게 느린데."

BRAVO GIRL!

Neue Post

tina

ABINGE

MUSTER

KNOBI BOBBY

warme Knoblauchbaguettes mit frischer Tomate

hausgemacht, handgemacht, mit Liebe gemacht

"느려도 괜찮아. 이미 하고 싶은 말을 나한테 했잖아."
"고마워. 프루스트! 건배!"

작업물의 밀도는 작업에 들인 시간에 비례한다. 조금이라도 더 꼼꼼히 신경쓴 그림이 밀도가 있고 완성도가 높아지며 그만의 매력을 내뿜는 것이 당연하다. 사람도 마찬가지. 마음을 쓰고 경험하고 어떤 면에 꼼꼼히, 그리고 차분히 밀도를 쌓으면 절로 매력이 돋보이고 빛이 나는 것 같다. 그의 말 한마디 한마디에서 빛이 났다. 아드리앙은 그런 사람이었다.

소소한 차이, 사소한 발견

일요일이다. 아드리앙은 부르크만스트라쎈 페스티벌에 간다고 했다. 당장에 따라나섰다. 먼저 템펠호프 공원에 들렀다. 그곳은 옛날에 공항이었지만 지금은 더이상 공항으로 쓰이지 않아 넓은 공간을 공원으로 꾸며놓았다. 지도에 표시된 초록색 영역만 해도 엄청났는데 실제로도 끝과 끝을 가로질러 걷는 데 삼십 분 남짓 걸렸다. 광활한 잔디 위에 도시 농장도 있었다. 주민이 신청해서 허가를 받으면 한 평 정도의 땅을 얻어서 식물이나 꽃 등을 키울 수 있다고 했다. 자전거만큼이나 각자의 개성대로 꾸며놓은 텃밭을 보니 내 것도 아닌데 저절로 엄마 미소가 지어졌다. 세 살 정도로 보이는 아이들도 전부 자기 자전거를 타고 엄마 아빠와 함께 달렸다. 패러글라이딩을 즐기는 사람도 많았다.

　―피터, 넌 무슨 운동을 좋아해?
　―탁구! 주고받는 게 재밌는 것 같아.
　―달리기는?
　―음, 난 왜 달리는지 모르겠어. 혼자서 앞만 보고 달리는 건 정말 재미없어.

　―마르코, 넌 무슨 운동을 좋아해?
　―풋볼!
　―다른 운동은?
　―나는 풋볼만 해. 여럿이서 함께 뛰는 게 좋아. 다른 운동은 생각 안 해봤어.

　―스테판, 넌 무슨 운동을 좋아해?
　―수영! 바다나 강에서보다는 수영장에서 하는 게 좋아. 운동으로 말이야.

　"아드리앙, 넌 무슨 운동을 좋아해?"
　"등산이나 달리기."
　"탁구나 풋볼은?"

"글쎄. 난 여럿이서 경쟁하는 공놀이보다는 혼자서도 즐길 수 있는 스포츠가 좋아."

"그럼 수영은?"

"수영도 좋아. 하지만 수영장엔 안 가. 레일을 따라 왔다갔다만 하는 건 재미없어. 수영하고 싶을 때는 호수나 바다에 가."

같은 질문에도, 그리고 같은 대답에도 이유가 갖가지인 것이 재미있었다.

"난 경쟁하는 스포츠를 좋아해. 그래서 공놀이도 좋아해. 남자들도 보통 승부욕이 있어서 그런 운동을 좋아하지 않아? 아드리앙, 넌 경쟁하는 게 싫어?"

"아니, 난 경쟁을 싫어하는 게 아니라 단지 나에게 경쟁은 필요 없다고 느껴."

"그게 무슨 말이야?"

"많은 사람들이 많은 사람들을 상대로 뭔가를 차지하기 위해 서로 무너뜨리고 싸우잖아. 나는 그런 것보다는 각자의 장점을 발휘해서 더 나은 것 하나를 만들어내는 게 좋아."

아드리앙은 이야기하는 내내 나에게 참신한 재미를 주었다. 직장에 얽매여 사는 또래의 입에서는 절대 나올 것 같지 않은 말들을 쏟아냈고 보통의 남자애라면 놓치고 지나갈 게 뻔한 사소한 것들에도 관심을 기울였다.

동네 페스티벌

그러는 사이 부르크만에 도착했다. 일요일이라 장이 크게 열렸다. 바글바글한 사람 중 70퍼센트가 흰머리의 할머니, 할아버지들이었다. 장이 펼쳐진 삼거리의 끝에 각각 천막 세 개를 설치해놓고 그곳에서 재즈, 소울, 부기우기, 스윙, 블루스 등 다양한 장르의 밴드들이 돌아가며 공연을 했다. 재밌는 점은 공연자들마저 흰머리의 할머니 할아버지였다. 가장 어린 사람의 나이가 쉰다섯 정도는 될 것 같았다. 주름진 손으로 주름진 얼굴로 악기를 어찌나 힘껏 연주하는지, 그 모습을 보니 음악은 아무래도 상관없었다. 노장 연주자들의 조글조글해진 주름이 음표 앞에서는 너무도 발랄하고 자유롭게 움직이고 있었다. 스윙 공연을 할 때는 뒷모습만 보면 이십대라 해도 믿을 만큼 탄력 있는 몸매의 노신사 커플이 춤을 추었다.

　노부부가 유행을 주도하는 젊은 취향의 옷 가게에서 다정히 옷을 고를 때도 그랬고 이런 곳에서 음악을 즐기고 있는 때도 그렇다. 몇 살이든 좋아하는 것을 원하면 누리는 것이 당연했고 그것이야말로 싱싱한 삶이었다. 젊음을 비롯해 세월에 따라 하나씩 찾아오는 수식어들은 그때가 아니면 두 번 다시 써보지 못할 것이었기에 아낌없이 사치하겠다고 마음먹었다.

　공연은 지루할 틈이 없었다. 사람들은 신나는 음악이 나올 때면 한껏 흥에 취하고, 블루스가 나올 때면 어김없이 포옹과 키스를 했다. 음악을 들으며 몸으로 기분을 표현하거나 사랑을 표현하는 것을

전혀 쑥스러워하지 않는 것이 볼 때마다 참 부러웠다.

점심때가 다 되었다. 아드리앙은 채소로 된 터키 음식을 먹었고 식탐이 많아 거의 모든 부스를 기웃거리던 나는 겨우 스페인 음식인 빠에야 한 접시를 사서 앉았다. 베를린에는 전통 음식이랄 게 거의 없었다. 보통 거리에 널린 음식은 기껏해야 소시지, 감자튀김, 두꺼운 빵 정도였다. 나는 매번 같은 음식을 먹는 것도 즐기고 편식도 하지 않았지만 베를린에 온 뒤로 맛이 거기서 거기인 소시지와 빵엔 좀 질려 있었다. 빵 말고 베를린만의 혹은 독일만의 음식을 먹고 싶다는 뜻으로 내가 음식 얘기를 꺼냈더니 아드리앙이 그렇다면 더 잘되었단다. 베를린에선 세계의 많은 음식을 맛볼 수 있으니까.

우리는 밤늦도록

슈퍼에 들러 저녁에 마실 맥주를 샀고 아드리앙은 작은 호박을 넣은 리조토를 만들었다. 맛은 아무 맛도 아니었다. 오묘하고도 투명한 맛이랄까. 아드리앙은 그간 만난 남자들 중 가장 이상한 요리를 하는 사람이었다. 이상하게 하는 건지, 못하는 건지, 아니면 내 입맛이 이상한 건지. 아드리앙은 한입 먹고는 이도 저도 아닌 표정이 된 나를 보고, 자기는 요리를 자주 하는 편이 아니고 간단한 샐러드 위주의 식사를 즐긴다고 고백했다. 레시피 따위는 없이 되는대로 만든 게 분명했다. 그래도 난 그 맹맹한 리조토를 싹싹 긁어먹었다.

그가 이번엔 각각 다른 과일로 만든 와인 두 병과 치즈 네 조각을 들고 왔다. 치즈나 와인 같은 것에 지식도 없고 관심도 없었던 나는 아드리앙이 세심하게 알려주며 조금씩 맛을 보여주는 덕에 겸사겸사 공부도 되었다. 네 가지 치즈는 각각 색다른 맛을 지니고 있었다. 소젖과 양젖으로 만들어진 것이었고 원산지가 다른 만큼 맛뿐 아니라 질감까지 달랐다. 부드럽고 거칠고 시큼하고 달았다. 게다가 그가 따라준 와인의 맛은 전설 속의 신들이나 먹었을 법한 맛이었다. 천국의 맛이라는 표현도 오버가 아닐 정도로 싱그럽고 향긋했다. 그만큼 난생처음 겪어보는 향과 맛이었다. 색감마저 탐스러웠다. 한국에 돌아가면 사 마실 요량으로 브랜드를 알려달라 했더니 글쎄 친구가 만들었단다. 생소한 과일이라 이름은 기억나지 않지만 여러 가지 과일을 섞어서 만들었다는데, 감탄하고 감탄했다. 와인 잔 속에 유난히 길었던 하루를 담고 우리는 밤늦도록 찰랑였다.

그러고 보니 베를린에서의 마지막 밤이었다.

또 만나자는 인사

아침에 아드리앙과 미리 작별 인사를 했다.

"네가 퇴근하고 오면 난 아마 비행기에 타고 있을 거야."
"알아. 하지만 다시 올 거잖아?"

우린 마주보며 활짝 웃었다. 이번에도 역시 '안녕, 잘 있어'라고 인사하지 않았다. 그가 출근하고 나니, 나는 남의 집에 혼자 남겨졌다.

언젠가 그가 알려준 카페로 갔다. 랑켄. 오래된 건물 안에 오래된 가구들, 도대체 몇 개의 초가 몸을 녹였던 것인지 촛농이 빙산을 만든 초꽂이 술병, 아무렇게나 걸려 있는 그림들, 아주 옛날 관광버스에서 뜯어낸 것 같은 의자, 소파에 깊숙이 몸을 묻고 테이블에 발을 올려도 신경쓰지 않는 주인이 있고 햇살이 낮게 깔리는 카페였다. 역시.

뒷목이 뻣뻣하다. 이렇게 맘에 드는 곳에서 좋은 것들을 보며 유유자적 시간을 보내고 있는데도 돌아갈 생각을 하면 여전히 어깨를 짓누르는 부담에서 완전히 벗어날 수 없었다. 열정이 과해 욕심이 된 것과 욕심을 이기려 부담이 된 것들을 떨쳐내고자 나름 노력했던 한 달의 시간들이 부끄러워지려 했다. 숨을 한번 크게 내쉬고 머릿속을 정리했다. 스스로 가벼워질 때까지 비워내는 일은 지겹지만 계속해야 했다.

아드리앙이 소개해주었던 함부르거 반호프 현대미술관에 가보기로 했다. 이번 베를린 여행에서 입장료를 내고 미술관에 가는 것은 처음이자 마지막이었다.

미술관에서는 독일의 대표적인 현대 회화작가 마틴 키펜베르거의 전시가 열리고 있었다. 우스꽝스러운 사진 작업에서부터 커다란 그림들까지 작품을 오래 바라보게 하는 매력이 있었다. 나는 그림 앞에서 한참이고 머물 수밖에 없었다. '미술에서 새로운 어떤 것도 내놓을 수 없음은 확실하다'고 했던 작가의 냉소적이고 컬트적인 성향을 쏙 빼닮은 작품을 어찌 받아들여야 할지를 몰라 한참을 보았다. 그림 속 억제된 정물과 사람들은 보는 이로 하여금 차가운 현실감을 되새겨주었다. 작품은 작가의 내면을 투영한다는데, 마틴 키펜베르거의 그림을 보고 있자니 내 그림은 한없이 밝고도 가볍게 느껴졌다. 비로소 내 작업 방식에 대해서 여러 가지 생각을 해봤다. 왜 이제야 잊히기 직전이었던 작업에 대해 생각하는 척하는 거야. 결론은 역시 가볍게 났다. 가벼운 선 하나에도 무거움과 맹렬함을 담을 수 있도록 해야지. 짧은 생각과 급한 결론이라는 것도 이미 알고 있는 사실이면서 이렇게 꼭 눈으로 확인을 해야지만 정리가 되고 결심으로 다잡아지니 원.

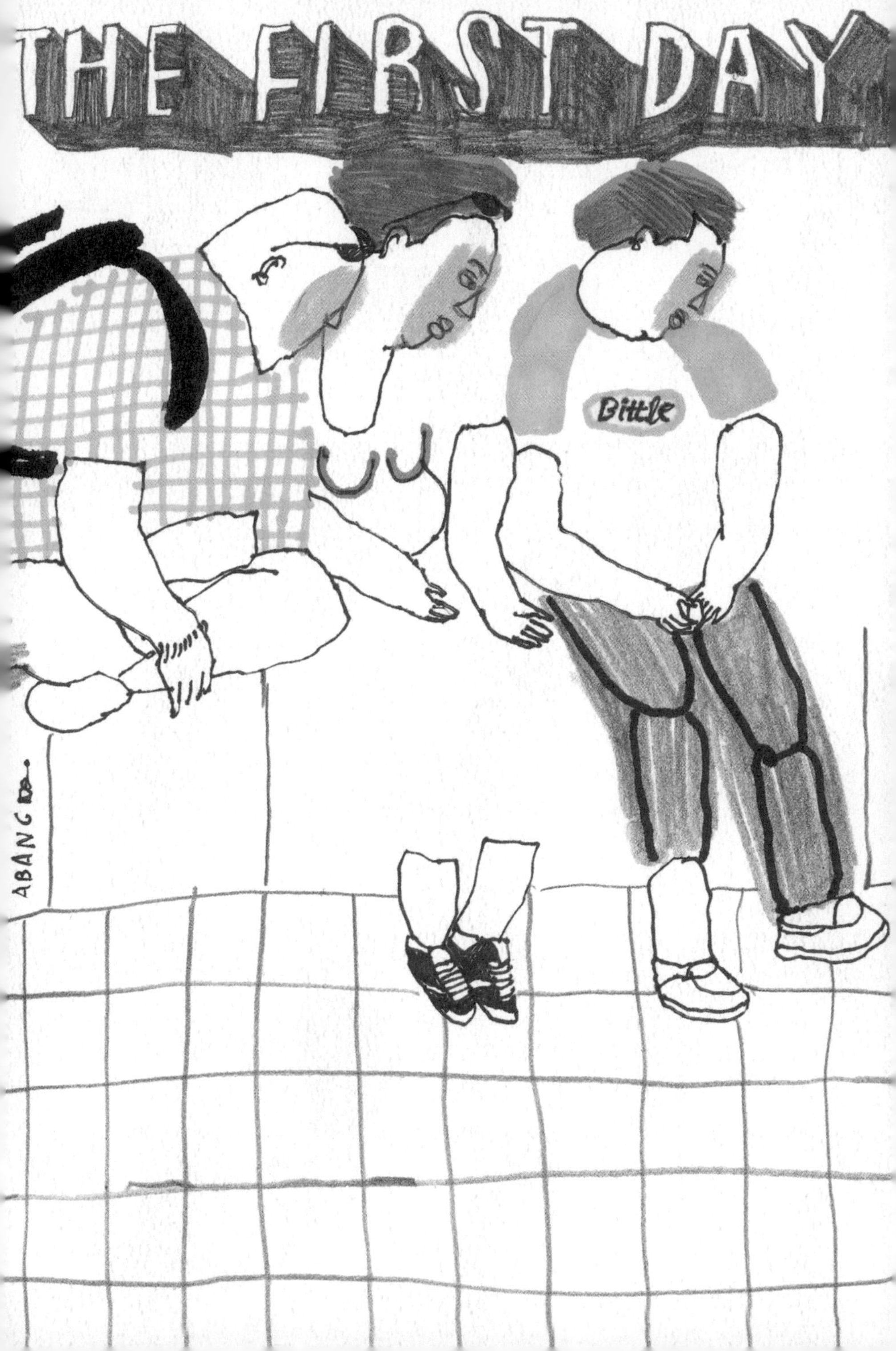
THE FIRST DAY
Bittle
ABANG

어반 아웃피터스

어반 아웃피터스와 메이드 인 베를린은 체인점으로 베를린에 몇 군데 있다. 어반 아웃피터스는 디자이너 편집숍 같은 곳이다. 3층짜리 건물에 다양한 디자이너의 옷들이 있고 가격은 그리 싸지 않다. 사진집이나 디자인 소품, 독특한 액세서리도 함께 판매한다. 요란하고 과감하게 입은 젊은이들이 풍성해진 가방을 뒤적거리며 계단을 오르내렸고 손자 선물이라도 살 것 같은 흰머리에 주름진 얼굴의 노부부도 그 틈에서 다정히 옷을 고르고 있었다. 나도 한몫하려고 하이에나처럼 눈에 불을 켜고 옷들을 뒤적거렸다. 결국 평소 같았으면 절대 사지 않았을 가격의 빈티지한 반바지를 두 장이나 샀다. 넉넉하게 사흘은 쓸 거라며 지갑에 넣어놓은 지폐를 다 쓰고도 빙그레 웃으며 나올 수 있는 곳이다.

Urban outfitters
Weinmeisterstraße 10, 10117 Berlin

메이드 인 베를린

메이드 인 베를린은 베를린의 유명한 빈티지숍으로 복고풍에 꽂힌 당신이라면 꼭 한번 들러보는 게 좋을 것이다. 지금은 좀처럼 찾아보기 힘든 디테일의 가죽재킷들과 부츠, 멜빵, 타이 등 방대한 양의 제품들이 숍을 채우고 있다. 빈티지라고 해서 만만한 가격은 아니다.

처음 간 날은 초록색 가죽타이를 샀고 두번째 들러서는 무늬가 독특한 멜빵을 또하나 건졌다. 이미 무거워진 캐리어 때문에 더 큰 옷을 살 수 없는 것이 아쉬웠지만 '역시 빈티지숍에서는 소품이지' 싶어 거리로 나서자마자 멜빵을 처억 얹은 채 걸었다. 이 도시에 어울릴 법한 나름의 패션 아이템을 하나 걸치면 그날의 지갑만큼이나 가볍게 하늘거리는 자유를 맛보게 된다.

Made in Berlin
Friedrichstraße 114 A, 10117 Berlin

함부르거 반호프 현대미술관

아드리앙이 추천해준 미술관이다. 미술관은 아주 크지도 복잡하지도 않은 나긋나긋한 곳이었다. 내가 갔을 때는 마침 독일의 대표적인 회화 작가 마틴 키펜베르거의 전시가 있었다. 강렬하면서도 부드러운 색채, 그리고 자유로운 붓 터치가 시선을 사로잡았다. 그의 작품은 하나의 장르로 구분되어도 좋을 만큼 독창적이었다.

Hamburger Bahnhof Museum fur Gegenwart
Invalidenstr.50–51, 10557 Berlin

인연들의 이름

이틀 또는 사나흘에 한 번씩 30킬로그램은 될 법한 캐리어를 지고
이 집 저 집 찾아다니는 것이 보통 힘든 게 아니었다. 베를린은 매끈
한 아스팔트보다 네모진 돌로 이루어진 바닥이 훨씬 많아서 캐리어
바퀴가 1초가 멀다 하고 돌과 돌 사이에 끼었다. 끌 수가 없어 그 무
거운 걸 거의 들다시피 하며 걸어다녀야 했다. 낑낑거리면서, 쓰지도
않는 묵직한 크레파스와 드로잉북을 원망했다. 언젠가는 벼룩시장
입구에 캐리어를 버려놓고 실컷 놀다가 다시 찾아서 돌아간 적도 있
었다.

사람을 만나는 것엔 알게 모르게 긴장감이 따랐고 늘 영어로 의
사소통해야 하는 것도 피곤함에 한몫 더해졌다. 매일같이 그들에게
신세지기 위해 집 구조를 파악하고 내 영역을 눈치껏 만들어내야 하
는 것도 은연중 부담이 되었다. 하지만 익숙해질 만하면 다시 떠나야
했다. 옮겨다니는 나나 맞이하는 그들이나 누가 여행을 하는 것이고
누가 머물고 있는 것인지 경계가 모호해질 법도 했다. 그렇게 여행에
선 우리가 일상에서 겪게 되는 떠남과 머무름을 조금 더 빠른 흐름
으로 겪는 것 같다.

공항으로 가는 버스 안, 창밖으로 독일 깃발과 베를린 깃발이
나란히 펄럭인다. 나 독일에 있었지 참. 베를린이 독일의 수도인 줄
은 까맣게 잊고 지낼 만큼 이곳은 독일 같지 않았다. 베를린을 아는

이는 거의 모두, 그곳은 독일이 아니라고 얘기할 정도이니 내가 잊고 지낼 만도 했다. 그만큼 자유분방한 곳이었다. 무미건조한 껍질 속에 상큼하고 달큼하고 시큼하기도 한 속살을 품고 있었다. 독일뿐 아니라 유럽 어디와도 비교할 수 없는 독특한 문화가 있었다. 정말 문화라는 말이 딱이겠다. 펑키족들이나 하는 줄 알았던 강렬한 컬러의 모히칸 헤어스타일에 어깨 가득 문신을 하고 어린 아들과 장난스럽게 얘기하며 걸어가던 사람이 아빠인 줄 알았으나 다시 보니 엄마였어도 이상할 것 없었던 도시, 상반신을 커다란 문신으로 채운 남자가 정신과 간호사인 것이 문제될 것 없는 도시. 이곳에서 커가는 아이들은 얼마나 거침없는 생각을 할까. 내가 지금이라도 더 많은 것을 보게 되어 감사했다.

모든 것이 꿈 같았다. 베를린의 널찍한 도로를 한 달간 아무렇게나 돌아다닌 것도 꿈 같았다. 수많은 것들을 지나쳤지만 내가 살면서 관계 맺고 있었던 사람들을 떠올리니 그게 가장 꿈 같았다. 생판 모르는 여자애를 데리고 다니며 며칠씩 함께해주었던 피터, 필립, 니코, 마르코, 스테판, 조, 다빗, 아드리앙 역시 내 꿈 같은 인연들의 이름이었다.

떠나기 전날엔 스테판에게, 떠나는 날 아침엔 피터에게서 메시지를 받았다. 재밌게 잘 지내다 가는지. 서울에서도 변함없이 활짝 웃는 날들이 됐으면 좋겠다고. 잊지 않고 연락해준 다정한 마음들이 고마웠다. 그리고 언제나처럼 다시 보자는 인사로 마무리했다.

내가 만난 모든 호스트는 카우치 서핑을 처음 접했을 때의 기억을 잊지 못한다고 했다. 거의 대부분이 처음에는 게스트로 시작했고 그때 받은 누군가의 친절과 그에 대한 고마움을 다른 이에게도 전하고자 호스트도 하게 되었단다. 나 역시 어떤 이유에서인지 남의 집 문을 두드리는 것은 쉬웠지만 우리집 문을 두드리는 사람들에게는 관대하지 못했다. 카우치 서핑 사이트에 가입하자마자 몇몇 사람에게서 호스트 부탁을 받았지만 이런저런 이유로 낯선 사람을 집으로 끌어들이기가 불편하고 귀찮았다. 어떻게 대해줘야 할지 몰라 피했는지도 모르겠다.

보아하니 베를린의 하늘은 저녁 열시는 되어야 어두워질 것 같다.

상상은 언제고 현실이 된다

눈웃음이 친근했던 간호사 친구 도미니크는 인도에서 몇 년, 캄보디아에서 몇 년, 또 남미에서 몇 년을 여행했다고 했다.

"그렇게 오래도록 혼자서?"

"아니."

"그럼?"

"혼자 떠나도 혼자 하는 여행은 없지."

제각각의 시간으로 살아가는 젊은이들을 만나 그 속도에 발을 담그었다. 함께 페스티벌에서 춤을 췄고 함께 맥주를 마시며 이야기했고 함께 음악을 들으며 웃었다. 받은 것들을 다른 사람에게 나누어줄 수 있었고 또다시 받을 수 있었다. 혼자 떠났지만 혼자 한 여행이 아니었다. 베를린에서 만난 그들은 미처 거두지 못한 빨랫줄의 양말한 짝처럼 내 찰나의 즐거움이 닿았던 곳에서 여전히 기다리고 있을 것 같다.

여행을 마치고 돌아와 현관문을 덜컥 여는데, 다시 한번 그곳의 이름이 생각나면서 지나간 6월이 실감났다. 내 초여름 밤을 홀랑 다 털어간 도시, 베를린.

4년 전 베를린에서 가방을 둘러메고 길거리를 헤매는 나 자신과 그 길에서 다른 이와 이야기 나누는 모습을 그리고 있었다. 희미하고 아득한 상상이었지만 그것이 시작된 순간 이미 판도라의 상자 뚜껑도 살며시 열렸을 것이다. 그 상상과 함께 내 생활 역시 베를린을 향해 노를 젓고 있었다. 상상이 현실이 되기까지, 판도라의 상자가 완전히 열릴 때까지 몇 날 며칠이 걸릴지는 감잡을 수 없지만 나는 안다. 내 머릿속을 꽉꽉 채우고 있는 것들이 내가 끄집어내주기만을 기다리고 있다는 것을……. 그리고 분명히 더 많은 것을 품을 수 있다는 것을…….

나는 또다시 상상을 시작한다. 비록 몸은 상수동의 정겨운 공기를 마시며 조그만 방구석에서 연필을 잡고 있지만 마음의 키는 지구 반대편 어딘가를 향해 뱃머리를 돌렸다.

상상이 시작되면 언제고 현실이 되니까.

잊쳐도 괜찮아 베를린
© 아방, 2014

초판 1쇄 인쇄 2014년 9월 18일
초판 1쇄 발행 2014년 9월 25일

글·그림·사진 아방

기　획 박선주
편　집 김지향 이희숙 박선주 **모니터링** 이희연
디자인 김현우 이정민
마케팅 방미연 정유선 오혜림 **온라인마케팅** 김희숙 김상만 한수진 이천희
제　작 강신은 김동욱 임현식

펴낸이 이병률
펴낸곳 달
출판등록 2009년 5월 26일 제406-2009-000034호

주　　소 413-120 경기도 파주시 회동길 210
전자우편 dal@munhak.com
페이스북 facebook.com/dalpublishers **트위터** @dalpublishers
전화번호 031-955-1908(편집) 031-955-2688(마케팅) **팩스** 031-955-8855

ISBN 978-89-93928-75-4 03810

● 이 도서의 국립중앙도서관 출판예정도서목록(CIP)은 서지정보유통지원시스템 홈페이지(http://seoji.nl.go.kr)와
　국가자료공동목록시스템(http://www.nl.go.kr/kolisnet)에서 이용하실 수 있습니다.
　(CIP제어번호 : CIP2014024335)